A CASA DA PRAIA

A CASA DA PRAIA

BETH REEKLES

TRADUÇÃO
IVAR PANAZZOLO JUNIOR

astral cultural

Este livro foi revisado segundo o Novo Acordo Ortográfico da Língua Portuguesa.

Editora responsável Tainã Bispo
Produção editorial Aline Santos, Bárbara Gatti, Fernanda Costa, José Cleto, Luiza Marcondes e Natália Ortega
Preparação de texto Jonathan Busato
Revisão Juliana de A. Rodrigues
Capa Marina Avila
Fotos Copyright © Bethan Reeks e Shutterstock Images

Dados Internacionais de Catalogação na Publicação (CIP)
Angélica Ilacqua CRB-8/7057

R255c

Reeks, Beth
A casa da praia / Beth Reeks; tradução de Ivar Panazzolo Junior.
— Bauru, SP : Astral Cultural, 2018.
144 p.

Título original: The beach house
ISBN: 978-85-8246-824-1

1. Literatura infantojuvenil 2. Literatura inglesa I. Título II. Panazzolo Junior, Ivar

18-1677

CDD 028.5

Índice para catálogo sistemático:
1. Literatura infantojuvenil 028.5

ASTRAL CULTURAL É A DIVISÃO LIVROS
DA EDITORA ALTO ASTRAL

BAURU
Rua Gustavo Maciel, 19-26
CEP 17012-110
Telefone: (14) 3235-3878
Fax: (14) 3235-3879

SÃO PAULO
Rua Helena, 140, Sala 13
1° andar, Vila Olímpia
CEP 04552-050

E-mail: contato@astralcultural.com.br

Para meus fãs brasileiros: obrigada por todo amor. Aproveitem essa história especial de Elle e Noah.

1

EU SEMPRE TIVE DIFICULDADE PARA FAZER AS MALAS PARA IR À CASA da praia.

Sempre.

As coisas não eram tão ruins quando a minha mãe fazia as malas para mim e eu era uma menininha que não sabia realmente o que precisava levar. Mas, nesses últimos anos, quando eu mesma tive que começar a arrumar tudo, a coisa toda parecia um pesadelo.

Eu enchia a mala e, em seguida, a virava de cabeça para baixo, a esvaziava e começava tudo de novo.

No meio da manhã de quarta-feira, o dia que antecedia a minha viagem, meu pai veio até o meu quarto só para me trazer um copo de refrigerante.

— Parece que uma bomba explodiu por aqui — disse ele, rindo.

— Eu odeio fazer as malas.

— Não se esqueça de levar aquela loção pós-sol.

— Está bem, está bem, está bem! — falei, bufando. Não me esqueceria de levar o pós-sol de jeito nenhum, especialmente depois do que aconteceu no ano passado. Minhas coxas ficaram queimadas de tal maneira que até sentar doía.

No fim das contas, acabei colocando na mala as mesmas coisas de sempre: trajes de banho, chinelos, bonés, chapéus de praia, alguns shorts e camisetas, e também aproveitei para colocar um vestidinho amarelo que as meninas me convenceram a comprar naquele dia em que saímos para fazer compras. Apenas para o caso de precisar.

Na verdade, uma parte do motivo pelo qual eu sentia dificuldade em fazer as malas este ano era o fato de ter um namorado, e também porque ele iria viajar com a gente. O que significava que poderíamos acabar saindo para algum lugar, especialmente agora que não estávamos mais namorando escondidos...

Sorri ao pensar naquilo. Nada de ficarmos namorando escondidos. E eu não precisava mais esconder tudo aquilo do meu melhor amigo, agora que Noah e eu estávamos oficialmente comprometidos.

Por mais que aquilo me fizesse sorrir, também senti vontade de arrancar os cabelos por causa da frustração. De qualquer maneira, minha mala não era tão grande, já que eu não precisava levar muita coisa para a praia. Mas e se eu precisasse vestir algo mais elegante para sair com Noah? Agora que estávamos namorando e ele não era simplesmente o irmão mais velho do meu melhor amigo, não havia alguma espécie de regra dizendo que não posso andar toda largada, com um short puído de pijama e uma blusinha folgada quando estiver junto com o meu namorado, certo?

Segurei o meu velho pijama já batido pelo uso. Definitivamente, aquele não era o tipo de roupa que uma garota quer que seu namorado a veja usando.

Suspirei e disse para mim mesma: — Ah, para o inferno com isso. — E joguei o pijama dentro da mala.

A porta do meu quarto se abriu. — Para o inferno com o quê?

— Oi, Lee — disse para ele, sem nem mesmo precisar me virar para o outro lado para saber que Lee, meu melhor amigo desde sempre, estava sob o vão da porta do quarto.

— O que você fez aqui? Detonou uma bomba dentro do armário?

— Sim. Nós brigamos, o armário e eu. Acho que ele está querendo pedir o divórcio.

Ele riu, e ouvi o som de algumas roupas que estavam sobre a minha cama sendo largadas no chão. E, quando me virei para dizer a Lee para tomar cuidado e não amarrotar minhas coisas, ele se jogou na minha cama, caindo de bruços e batendo o rosto no colchão.

— Por que você está resmungando sozinha?

— Por nada. Eu só... — Lee ergueu uma sobrancelha, encarando daquela maneira cética, indicando que ele sabia exatamente o que estava acontecendo, mas queria ouvir tudo diretamente da minha boca.

— O biquíni não é pequeno o bastante para o meu irmão?

Eu joguei uma blusinha nele. — Não, não é isso.

— O que foi, então? Ah, cara, não... Não me diga que você vai me levar para comprar lingerie ou coisa do tipo? Por favor, Shelly... Qualquer coisa, menos isso! Absorventes até são algo que eu consigo suportar, mas... Lingerie, não! Por favor!

Eu ri. — Não, também não é isso. É o meu pijama.

— Ah. É com isso que você está preocupada? — Lee riu. Ele rolou por cima da minha cama e se debruçou sobre a beirada para olhar o que havia dentro da minha mala. — Seu pijama é legal, não se preocupe. Você vai ficar bonita com qualquer roupa que resolver usar. Além disso, duvido que ele se importe.

Sorri para Lee. Não importava o que estivesse me preocupando, ele sempre conseguia fazer a minha alegria retornar em um instante.

— Faz quanto tempo que você está mexendo nessa mala? — perguntou ele. — Dezoito horas?

Vacilei. — Oito.

Meu melhor amigo me olhou por um tempo enorme com uma expressão séria e compenetrada. E, logo depois, nós dois explodimos numa gargalhada.

— Ah, deixe eu ver se adivinho uma coisa. Aposto que *você* ainda nem começou a fazer as suas malas — falei, apontando um dedo acusador para ele.

— *Você* — disse ele, apontando o dedo para mim em resposta — tem toda razão.

Aquilo não me surpreendia nem um pouco. Todos os anos, Lee fazia as malas apenas na noite que antecedia a viagem e não dava a menor importância caso se esquecesse de alguma coisa. Ele era exatamente esse tipo de pessoa, e não estava surpreso por eu estar ocupada com a minha própria bagagem há oito horas e ainda não ter terminado. Todo ano, nós fazíamos a mesma coisa.

Lee limpou a garganta e pegou o meu travesseiro, retorcendo o canto da fronha.

— Bem... eu lhe disse que Rachel vai viajar com a gente, não foi?

Apenas um bilhão de vezes...

Era como se ele estivesse preocupado com a possibilidade de que eu fosse agir como uma criança de cinco anos e fazer birra, dizendo que ele não podia mudar as coisas este ano e levar a namorada.

De certa forma, eu até senti vontade de dizer a ele que não queria que Rachel viajasse com a gente. Queria que as coisas fossem do mesmo jeito que sempre foram, desde sempre.

Mas seria egoísmo demais, não é mesmo?

Um dos motivos era o fato de que eu estava namorando com Noah, o irmão mais velho de Lee. Ele já viajaria com a gente de qualquer maneira; mas agora eu não podia dizer a Lee que não queria que ele levasse a namorada conosco, quando eu mesma estaria com o meu namorado. Isso era bem mais do que simplesmente egoísmo.

Além disso, mesmo que eu não estivesse com Noah, as coisas definitivamente seriam diferentes neste ano.

Noah não poderá ficar com a gente o tempo todo, pois vai com o pai dele dois dias antes do final da viagem para conhecer o *campus* da Universidade de Harvard. Eles vão viajar para Massachusetts, enquanto o restante de nós continuará na casa da praia.

Eu detestava o fato de que as coisas tinham que mudar. Quando era mais nova, sempre pensei que teríamos a casa da praia e que, independentemente do que acontecesse, nós sempre iríamos para lá durante o verão, todos os anos.

Apesar de termos nos afastado um pouco conforme crescíamos, nós três — Noah, Lee e eu — sempre ficávamos juntos na casa da praia. Por uns poucos dias, podíamos agir como crianças e simplesmente curtir a companhia uns dos outros. Mesmo quando ficamos um pouco mais velhos e Noah se afastava para ir a festas na praia ou para beijar alguma garota aleatória que estivesse babando por causa dele, sempre acabava voltando para ficar com a gente. Porque lá, com o mar e a areia e sem ninguém mais por perto, nenhum de nós se importava com o que as outras pessoas pensavam. Era como se o verão na casa da praia significasse que tudo era diferente — diferente da melhor maneira possível.

Mesmo assim, neste ano, as coisas seriam diferentes, e não de uma maneira muito agradável.

Pisquei enquanto olhava para Lee, e fiz um esforço para me afastar dos meus pensamentos.

— Sim, acho que você chegou a mencionar uma ou duas vezes — falei. — Você disse que ela iria chegar... quando, mesmo?

— Na segunda-feira —, ele disse. — E a família dela irá buscá-la na tarde de quinta-feira. Eles vão passar por lá a caminho da casa de alguns parentes que irão visitar.

— Certo. — Concordei com a cabeça e peguei uma calça que estava no chão, dobrando a peça.

— Elle, você tem certeza de que não vai achar ruim...

— Sim — eu disse a ele, rindo para tentar reforçar as minhas palavras. — Sim, tenho certeza de que não vou achar ruim, Lee, pela bilionésima vez! Além disso, vai ser legal ter uma companhia feminina além da sua mãe, para variar. Afinal de contas, você sabe que minha tolerância em relação à sua família tem limite, não é mesmo?

— Sim, percebi — disse ele, com um sorriso torto. — Especialmente porque passamos muito pouco tempo juntos nos últimos anos.

Nós dois rimos e eu sorri para Lee.

— Ande logo, volte para a sua casa e comece a fazer as malas — falei, empurrando-o para que saísse de cima da minha cama. — Ah, espere um segundo!

Avancei até minha *nécessaire*, tirando um frasco pequeno e empunhando-o diante do rosto de Lee.

— O que é isso?

— Você acha que eu vou precisar de um xampu "volumizador"?

— Não.

Coloquei o frasco do xampu de volta na bolsa, sabendo que Lee estava revirando os olhos. Mas aquela ideia simplesmente me deu vontade de rir.

...

ÀS SEIS E MEIA DA MANHÃ, EU ESTAVA NO ALTO DA ESCADA, PRONTA para carregar a minha mala até a sala quando ouvi alguém bater à porta, e Lee a abriu, entrando em casa.

— Ei, ei, cuidado! — exclamou Lee, enquanto subia rapidamente a as escadas para tirar a mala das minhas mãos antes que eu passasse do terceiro degrau. Eu estava me segurando com força no corrimão para não cair e rolar até o chão.

Quando Lee chegou ao térreo, ele se virou para mim e disse: — Mas que diabos você colocou nessa mala? Um hipopótamo?

— Na verdade, uma zebra.

— Ah, certo. Claro. Desculpe, eu já devia saber.

Eu ri e ouvi o som de alguém se movimentando atrás de mim, perto da cozinha. Lee olhou para o lugar de onde vinha o som e eu me virei para ver meu pai, ainda vestido com o pijama e o seu roupão cor de vinho, os óculos meio tortos no rosto e apoiados quase na ponta do nariz. Ele os empurrou de volta para o lugar onde deviam ficar.

— Já estão prontos para colocar o pé na estrada, crianças?

— Sim — respondemos ao mesmo tempo.

— Vocês já conhecem as regras: nada de festas malucas regadas a tequila, não se afastem muito da beira da praia se forem nadar, sejam bonzinhos com as outras crianças... — Ele estava sorrindo.

— Nós sabemos — dissemos novamente em coro.

Meu pai riu, já um pouco cansado, mas seu riso se desfez em um bocejo. Eu sabia que ele já havia tomado uma xícara de café, mas acho que não havia adiantado muito. Eu mesma já tinha tomado duas. Era um milagre estar acordada. No ano passado, acabei perdendo a hora por não acordar a tempo.

— Eu sei, eu sei... é o mesmo sermão paterno todo ano, não é mesmo? Vamos lá, Elle, me dê um abraço antes de ir.

Fui até onde meu pai estava e o abracei, dando também um beijo em sua bochecha.

— Tenha juízo, hein?

Revirei os olhos. O que ele estava achando que eu faria? Ver se era capaz de surrar um tubarão com as próprias mãos e sobreviver para contar a história? Fala sério...

— Você sabe do que eu estou falando, Elle.

Será que eu sabia?

Ouvi Lee tossir diante da porta e meu pai apoiou o peso do corpo na outra perna, cruzando os braços também. Ele tencionou a musculatura do queixo brevemente, dando a entender que não estava muito confortável com aquele assunto. Em seguida, disse: — *Com Noah.*

De algum modo, consegui impedir que as minhas bochechas ficassem vermelhas. Em vez disso, suspirei e revirei os olhos.

O lado bom da coisa é que Lee não fez nenhum comentário "engraçadinho" após o discurso do meu pai.

Já foi suficientemente ruim o fato de Lee ter me presenteado com um pacote de camisinhas no dia do nosso aniversário (éramos tão iguais que nascemos no mesmo dia) — fazendo questão de me entregar o presente não somente na frente dos seus pais, de Noah e do meu irmão de dez anos, como também do meu pai.

Acho que dá para imaginar o quanto isso me fez rir. Ha-ha.

Eu disse: — Vai ficar tudo bem, pai. Não precisa se preocupar. Eu ligo quando chegarmos lá.

— Tudo bem, querida. — Ele sorriu e, por um segundo, pareceu ainda mais com um homem de quarenta e oito anos do que normalmente parecia. Eu me despedi do meu pai e caminhei em direção à porta de casa. Lee pegou minha mala antes que eu tivesse a oportunidade de fazer isso.

— Lee?

Ele se virou um pouco para olhar para o meu pai. — Sim?

— Cuide da minha garotinha.

Eu o encarei — não, eu não estava olhando para o meu pai, mas para o meu melhor amigo. E ele estava olhando para mim com um sorriso tranquilo e amistoso no rosto. Seus olhos azuis eram carinhosos e familiares, e as sardas que lhe salpicavam o rosto estavam registradas na minha memória da mesma forma que estiveram por mais de uma década. Senti uma vontade repentina de abraçá-lo. Eu só queria abraçá-lo com força e ficar feliz pelo fato de que, por mais que as coisas mudassem comigo, de arranjar namorados a crescer, eu sempre teria Lee ao meu lado.

Uma parte pequena dentro de mim, uma voz que soava estranhamente como a de Lee na minha mente, me disse para parar de agir daquele jeito tão cafona.

— Não se preocupe — disse ele, olhando para mim, e percebi que seus pensamentos eram bem parecidos com os meus naquele momento. — Vou cuidar.

2

TIVEMOS QUE VIAJAR EM DOIS CARROS ESTE ANO.

Geralmente nós nos amontoávamos no banco de trás do carro do pai de Lee. Eu ficava espremida entre Noah e Lee, com o porta-malas a ponto de explodir com as bagagens para cinco pessoas passarem duas semanas na praia.

Entretanto, como Noah e seu pai viajariam para Massachusetts, eles precisavam do carro para irem ao aeroporto. A mãe de Lee ficaria na casa o tempo todo, com nós dois. Ela insistiu que não haveria necessidade de encurtar as férias de todos, já que nós três poderíamos ficar ali mais alguns dias.

Assim, em vez de tentar enfiar minha bagagem no porta-malas e depois entrar no carro antes de Lee, eu estava sentada no banco dianteiro do seu Mustang 65 vermelho conversível.

O trajeto não me pareceu tão longo. Na verdade, até que foi bem rápido, porque passamos a viagem inteira cantando junto com o rádio a plenos pulmões.

Bem... foi por causa disso ou então porque Lee estava dirigindo acima do limite de velocidade.

Chegamos depois dos outros. Mas eles provavelmente não estavam na casa há muito tempo. Matthew, o pai de Lee, ainda estava fechando o porta-malas e trancando o carro. Ele olhou para nós com um sorriso e acenou.

— Foi tudo bem na estrada?

Saí do carro e coloquei minha enorme bolsa de palha sobre o ombro.

— Foi, sim.

Lee ainda estava sentado dentro do carro, limpando a bagunça que fez com todas aquelas embalagens de doces e as garrafas vazias de refrigerantes. Ele era muito desorganizado, mas orgulhoso demais em relação ao próprio carro para deixar o lixo espalhado por ali como muitos dos rapazes faziam. Dixon era assim. Eu sentei no banco do carona uma vez quando todos fomos ao cinema e percebi que minhas pernas ficaram praticamente cobertas, até a altura dos joelhos, com embalagens engorduradas de hambúrgueres do McDonald's e estojos velhos e trincados de CDs. Warren era igualzinho.

Abri o porta-malas e segurei minha mala com força. Comecei a puxá-la para fora e me perguntei o que diabos eu havia colocado ali dentro para passar duas semanas na praia que a deixava tão pesada.

Talvez eu devesse ter deixado o xampu "volumizador" em casa, afinal de contas.

Lee sempre tinha razão.

— Precisa de uma força aí?

Bufei pelo esforço e acabei soltando minha mala, que deslizou de volta para o fundo do carro, acompanhada de um forte barulho. Virei a cabeça para olhar por sobre o ombro, com os cabelos caindo pelo meu rosto, e vi Noah, sexy e lindo como sempre, me olhando com um sorriso arrogante e uma sobrancelha levantada.

— Não, eu consigo — disse a ele, teimosamente. Fechei os dedos ao redor da alça da mala, trazendo-a até a beirada do compartimento outra vez. Eu sabia que Noah estava, neste momento, com aquele sorriso torto no rosto, sua marca registrada. Comecei a imaginar se haveria alguma possibilidade de eu conseguir tirar minha mala dali sem arranhar a pintura do carro de Lee.

— Você é teimosa demais, Elle — disse Noah, mas havia alguma coisa na sua maneira de falar que fazia com que a palavra "teimosa" soasse como algo bom. — Tem certeza de que não precisa de uma mão?

Qualquer que fosse a questão, até mesmo decisões bobas sobre o que assistir na TV, eu detestava ceder e deixar que Noah tivesse razão.

Nós sempre discutíamos e batíamos boca. Ainda mais nos últimos meses, quando estávamos juntos.

Mas não havia a menor possibilidade de que eu fosse conseguir tirar aquela mala dali. E Lee ainda estava recolhendo o lixo que havia deixado no carro.

Bem, se eu tivesse mesmo que ceder...

— Tudo bem! Ela é toda sua, Superman!

Não consegui resistir à piada. Pouco antes de começarmos a namorar, eu o peguei usando uma cueca do Superman, e aquilo o deixou bem constrangido. Noah Flynn, o *bad boy* da escola, o cara com quem eu vivia discutindo, o viciado em violência... usando uma cueca do Superman.

Ele sempre detestava quando eu falava daquilo. Mas provocá-lo, às vezes, era irresistível.

Vi Noah apertar os dentes quando fiz meu comentário sobre o Superman enquanto eu entrava na casa, quase tropeçando no capacho de boas-vindas que estava na varanda. Consegui perceber que Lee estava rindo e tive a sensação de que ele havia deliberadamente levado mais tempo para recolher o lixo do que normalmente levaria, somente para que eu tivesse que deixar Noah pegar minha mala.

A casa da praia tinha somente um pavimento, a menos que você decidisse contar o sótão coberto de teias de aranha — e nós não contávamos. Não era enorme, ainda mais com nós cinco ali, mas nos abrigava de uma maneira que, com um sorriso no rosto, podíamos chamar de "aconchegante".

Havia um balcão para fazer as refeições na cozinha conjugada — que não era tão espaçosa, mas servia bem ao seu propósito. O cômodo se abria para a sala de estar, sendo dividido apenas por uma mureta que chegava até a altura da cintura, com uma passagem larga em uma das extremidades. As paredes eram pintadas em um tom suave de amarelo, mas eu me lembrava que elas tinham uma claridade que chegava a me irritar um pouco quando era mais nova. Havia também um cômodo pequeno ao lado da cozinha com uma máquina de lavar e secar que fazia as vezes de lavanderia.

A casa da praia tinha somente três quartos — um para June e Matthew, outro para Noah e o terceiro que eu ocupava com Lee. Talvez fizesse mais sentido que os rapazes dividissem um quarto agora que todos nós éramos mais velhos, mas Lee e eu sempre ficávamos juntos quando éramos mais novos, e não nos importávamos em dividir o quarto agora.

Na frente da casa havia uma varanda velha, que fazia barulho sob os passos de quem passava, com um banco que era tão velho e rangia tanto quanto o piso. A cerca branca, com pouco mais de meio metro, que contornava a varanda e as vigas que se erguiam do chão até a cobertura de lona estavam um pouco desgastadas, e a pintura começava a descascar.

Havia uma porta na sala de estar que levava para fora da casa. Tinha uma piscina ali, não era tão grande quanto a da casa de Lee, mas tinha um tamanho decente. Havia também uma mesa de madeira na qual geralmente comíamos — exceto se estivesse chovendo — e espreguiçadeiras que estavam esbranquiçadas após passarem tantos anos expostas ao sol. Havia também uma pequena trilha na areia que passava no meio de uma área coberta por arbustos que levava à praia.

Os móveis da casa não combinavam muito bem uns com os outros e estavam um pouco desgastados pelo tempo — algo que era totalmente contrário à decoração chique da casa da família Flynn. Mesmo assim, nenhum de nós, nem mesmo June, a mãe de Lee, jamais sugeriu que o interior fosse redecorado. Amávamos aquela casa exatamente do jeito que era — meio largada, com o desgaste natural do tempo e do uso, e especialmente aconchegante.

Aos meus olhos, era perfeita. E sempre seria.

— Vou sair para buscar comida — anunciou June, saindo de trás do balcão da cozinha enquanto eu andava pelo corredor. Acho que ela nunca começava a desfazer as malas antes de ir ao *Walmart* abastecer a cozinha. Imaginei que, com três rapazes na casa, a comida estava no topo da lista de prioridades.

— Quer que eu vá com você? — perguntei.

— Não, não precisa se preocupar. Fique por aqui e desfaça as malas.

— Tem certeza? — Ela fez que sim com a cabeça, e continuei: — Acho que talvez seja melhor assim. Vou levar uns três dias só para conseguir guardar tudo o que eu trouxe...

June riu. — Eu trouxe coisas demais, também. Nem pergunte ao Matthew sobre o que ele acha de tudo o que eu coloquei nas malas este ano... Nós nunca conseguiríamos colocar tudo em um só carro!

Eu ri também, e ela abriu aquele sorriso maternal que sempre trazia consigo.

Em seguida, disse algo que me pegou totalmente desprevenida, porque foi uma frase que surgiu sem qualquer aviso.

— Olhe só para você, Elle. De repente, parece ter crescido bastante.

— Por quê? Só porque eu tive que usar aquele zíper especial que aumenta o espaço da minha mala?

— Não! — disse ela, rindo. — Não sei, não estou conseguindo definir com certeza... mas parece que você cresceu bastante de uns tempos para cá. Ah, mas escute o que estou dizendo! Tagarelando sobre essas coisas sem sentido. Vou sair daqui antes que eu comece a procurar fotos de bebês perdidas pelos armários! Ah, e diga aos rapazes que vamos ter bifes no jantar.

— Pode deixar!

Saí da sala de estar e fui andando pelo corredor, indo na direção dos quartos. O quarto que Lee e eu ocupávamos ficava ao lado do de Noah, separado por um banheiro no meio. Os pais de Lee tinham seu próprio banheiro ao lado do quarto.

Ouvi o barulho de alguém limpando a garganta sob o vão da porta da cozinha quando passei, o que me assustou um pouco.

— A mala já está no seu quarto — disse Noah.

— Certo. Obrigada.

— Como assim? — disse ele, fazendo-me parar antes que eu pudesse passar por ali. — Não vou ganhar nem uma gorjeta?

Eu ri, como se quisesse dizer a ele *de jeito nenhum*, e ele segurou o meu pulso, se aproximando de mim sob o batente da porta para me prensar contra ele.

— Eu sou um excelente carregador de malas, e você sabe disso.

Eu mordi o lábio para não rir, mas um sorriso começou a se formar no meu rosto. — Diga isso para você mesmo. Mas obrigada por trazer minha mala para dentro — emendei, e fiquei na ponta dos pés para lhe dar um beijinho nos lábios. Mas, em vez de deixar que eu me afastasse,

Noah me puxou para um beijo doce e carinhoso. Senti os dedos dele deslizarem pelo meu pulso para se entrelaçarem com os meus.

Alguém pigarreou por perto, e nós dois saltamos com o susto.

Virei a cabeça, já pronta para dar aquela olhada para Lee e revirar os olhos, fazendo um comentário sobre como eu iria interrompê-lo toda vez que ele beijasse Rachel quando ela estivesse aqui, mas a virada de olhos nem chegou a acontecer — e as palavras ficaram entaladas na minha garganta.

— Posso passar? — disse o pai deles. Noah deu um passo atrás e me puxou para o outro lado do batente para deixar que seu pai passasse. Fiquei tão mortificada por um momento que tudo o que consegui fazer foi morder a língua e dizer a mim mesma para nunca, jamais, beijar meu namorado sob o vão de uma porta outra vez.

Com um tranco, me desvencilhei dos meus pensamentos quando senti uma puxada gentil no meu rabo de cavalo. Noah riu baixinho.

— Vou guardar minhas coisas no armário — consegui dizer, ainda me sentindo incrivelmente constrangida.

— Nossa, vai demorar um século — comentou Noah, vindo atrás de mim. — O que você enfiou naquela mala, afinal de contas? O *shopping* inteiro?

— Na verdade, tem uma zebra ali — disse Lee enquanto nós dois entrávamos no quarto. Eu vi que a mala dele estava aberta no chão do quarto, sobre o carpete verde desgastado, e suas roupas, o gel para os cabelos e tudo mais que ele havia trazido amontoado em uma pilha caótica sobre a cama, como se ele houvesse simplesmente aberto o zíper e despejado toda sua bagagem ali. Como sempre.

— Ah... certo... — disse Noah, lentamente, com uma expressão confusa no rosto, enquanto Lee e eu trocávamos um sorriso malandro por causa da tal zebra. — Enfim, tanto faz. Vocês vão descer para a praia logo?

— Provavelmente — dissemos em coro. Lee completou: — Vamos nos encontrar com você por lá, eu acho.

— Claro.

— Ah, sua mãe falou que vamos ter bifes no jantar — disse para as costas de Noah, que já estava saindo do quarto, e ele resmungou alguma coisa para indicar que tinha me escutado. Virei-me para o outro lado para olhar minha mala, que Noah havia deixado do lado da porta.

Eu a arrastei até minha cama, que ficava mais perto do banheiro. Nem me incomodei em tentar levantá-la e colocá-la em cima da cama.

— Talvez eu devesse simplesmente investir em uma mala com rodinhas — disse, ofegante.

— Acho que essa deve ser a coisa mais inteligente que você já disse, Elle.

— Ha-ha. Muito engraçado.

— Olhe só — disse Lee —, este é o momento em que eu faço uma piada sobre isso ser bobagem, porque assim você vai ter uma desculpa para ver o meu irmão flexionar os músculos e realmente conversar com ele, já que vocês estão tão apaixonados. Só que... bem, vocês estão mesmo apaixonados, não é? Então isso meio que acaba perdendo todo o efeito...

Eu ri. — Mas mesmo assim é engraçado, Lee. Não se preocupe.

— Sim, mas isso acontece porque eu sou um comediante extraordinário — disse ele, rindo. — Mesmo assim, não é a mesma coisa.

Suspirei. — O que você quer que eu diga? Quer que eu peça desculpas?

— Não foi isso que eu quis dizer, Shelly.

— Eu sei — suspirei outra vez. — É que... bom, ainda fico esperando você ficar bravo comigo, toda vez.

— Por quê?

Por passar tanto tempo mentindo para você sobre o relacionamento. Por sair escondida com o seu irmão para você não descobrir. Por fazer você sentir que eu havia escolhido o Noah em vez de você.

Dei de ombros, abrindo o zíper da minha mala, e disse: — Acho que isso só acontece porque ele é seu irmão. Não sei.

Fiquei em silêncio por um momento. Detestava quando esse tipo de silêncio surgia, quando nós dois estávamos pensando nas coisas, mas não sabíamos o que o outro estava pensando. Bom, na verdade... Lee provavelmente sabia exatamente o que eu estava pensando, mas eu não fazia a menor ideia do que estava se passando pela cabeça dele durante aqueles segundos silenciosos.

— Não é você que deveria estar dizendo que o coração deseja aquilo que ele quer, que não importa se o seu melhor amigo e o cara que você ama têm alguns filamentos de DNA em comum? — Eu conseguia ouvir o toque de riso na voz de Lee, e joguei um short nele por ficar me provocando desse jeito.

— Vocês têm genes em comum, não DNA.

— Não sei.

— Você é o garoto da biologia. — Eu o lembrei, rindo. Essa era a única aula que não fazíamos juntos na escola; eu havia escolhido química, enquanto ele ia para as aulas de biologia.

— Ah, você acha que eu me importo com isso? Agora é verão. Não preciso me lembrar da diferença até setembro. — Ele jogou o short em mim outra vez, rindo. — Agora ande logo com isso, pegue o seu biquíni e vá se trocar. Quero descer para a praia logo.

...

NEM CHEGUEI A DESFAZER A MALA DIREITO, DECIDINDO SIMPLESMENTE colocar um biquíni e deixar as minhas coisas por ali até mais tarde. Quando Lee abriu a janela e deixou a brisa do mar entrar na casa, percebi nitidamente toda a vontade que tinha de ir até a praia e ficar deitada sob o sol, ou então dar um mergulho no mar.

É claro que morar na Califórnia significa que as últimas semanas em casa foram de sol, sol e mais sol — mas havia algo especial em relação à praia. O verão parecia ainda mais brilhante quando estávamos a poucos minutos do mar, e sempre havia areia no piso da casa.

Vinte minutos depois, Lee e eu estávamos descendo pela trilha de areia que atravessava os arbustos e ia até a praia, preparados com toalhas, protetor solar e celular. Decidimos parar em um lugar onde a areia era fina e macia, logo antes de ficar dura e encharcada perto da arrebentação. Eu abri a minha toalha e a coloquei cuidadosamente no chão antes de largar o corpo sobre ela.

Enfiei um fone na orelha, apertei o *play* na música salva no meu celular e coloquei os meus óculos de sol vermelhos de cinco dólares que tinha comprado em um posto de gasolina na beira da estrada. Ainda não conseguia acreditar que havia esquecido de trazer meus óculos de sol. Principalmente depois de ter passado horas no *shopping* outro dia tentando escolher os óculos perfeitos!

Ouvi Lee limpar a garganta ruidosamente e virei a cabeça para olhar para ele.

Levantando o seu *Ray-Ban* até o cabelo e deixando-o todo bagunçado, ele disse: — O que você está fazendo?

— Tomando sol?

Ele soltou um suspiro irritado, me encarando com uma expressão séria. Em seguida, chegou até mesmo a balançar o dedo para mim, como se eu fosse um cachorrinho que houvesse se comportado mal.

— Às vezes, você é muito *chata*, Rochelle Evans.

Ele enfatizou bastante a palavra *chata*, para mostrar que aquilo era ruim e entendiante.

Resistindo à vontade de explodir em um ataque de risos, ergui as sobrancelhas para ele por um momento e olhei para mim mesma. Então voltei a olhar para Lee, deixando o queixo cair de um jeito bem melodramático. — Ah, sabe que você tem razão? Acho que isso acontece porque eu sou mesmo uma chata!

Ele riu, percebendo a besteira que havia dito, e chutou um pouco de areia sobre minhas pernas. — Você sabe o que estou querendo dizer. Vamos pegar as pranchas de *bodyboard*.

— Tenho uma ideia melhor. Você vai buscar as pranchas de *bodyboard* e eu fico aqui para pegar um pouco de sol.

— Hmmm, deixe eu pensar um pouco... Não.

— Sim.

— Tudo bem, tudo bem. Mas não me responsabilizo pela prancha que sobrar para você.

Antes que eu pudesse dizer qualquer coisa, Lee já estava correndo para longe. Suspirei e neguei com a cabeça, deitando-me outra vez sobre a toalha e me contorcendo um pouco para encontrar uma posição confortável. Senti alguma coisa cutucar minha perna e uma voz disse:

— Ei, preguiçosa.

— Mas será que eu não posso ter dois segundos de paz por aqui? — esbravejei, erguendo o tronco para ficar sentada e tirando os óculos de sol para que Noah percebesse meu olhar irritado. Ele simplesmente riu para mim, largando a toalha no chão ao meu lado.

Coloquei os óculos de sol outra vez e, quando meu olhar acidentalmente se fixou no abdômen tanquinho de Noah, não consegui conter o impulso de olhar para todo o corpo dele. E, naquele momento, me ocorreu que era muito esquisito, durante todos esses anos em que vínhamos até aqui, eu nunca ter usado isso como desculpa para dar umas boas olhadas em Noah. Acho que estava me divertindo demais ou fazendo piadas demais para prestar atenção nele. E, quando ele realmente era o meu *crush*, quando eu tinha uns doze anos, mal conseguia falar quando estava perto dele, especialmente por já ter aqueles gominhos na barriga aos treze ou quatorze anos de idade.

Agitei o corpo e olhei para o rosto de Noah para saber se havia percebido que eu estava reparando nele. Sabia que ele estaria com aquele sorriso torto sexy no rosto, aquela expressão que me fazia ficar vermelha sem um motivo de verdade — e realmente fiquei, mas não por causa do sorriso torto, e sim porque era ele quem estava reparando em *mim*.

Ergui os óculos e os olhos dele voltaram a se fixar no meu rosto. E, desta vez, quem abriu um sorriso torto fui eu.

Mas, antes que eu pudesse soltar algum comentário engraçado ou simplesmente flertar, ele disse de um jeito bem inocente: — O que foi? Não posso apreciar o quanto a minha namorada é bonita?

— Só se eu puder apreciar o quanto o meu namorado é cafona. — Eu ri.

— Ah, pare com isso. Você ama essas coisas cafonas.

Meu sorriso ganhou um ar mais tímido. — Ah, só um pouco.

Ele riu outra vez e me estendeu a mão. Eu a segurei, deixando que ele me levantasse. Noah me puxou para os seus braços e deu um beijo na minha testa. Comecei a virar a cabeça para poder beijá-lo do jeito certo quando...

— Eca, que nojo!

— Lee... — reclamei, virando-me ligeiramente para ele, mas ainda nos braços de Noah. Encarei-o com uma expressão falsa de irritação, mas o meu melhor amigo simplesmente abriu um sorriso malandro e girou as pranchas de *bodyboard* que ele estava segurando no ar.

Ele jogou uma prancha preta com um logotipo branco para Noah, ficou com uma azul e depois me jogou a terceira, cor-de-rosa. Eu me atrapalhei para tentar agarrá-la antes que acertasse o meu rosto, e foi então que vi o enorme logo da Barbie na prancha e todas as flores e corações cor-de-rosa.

— Lee!!!

— O que foi? Eu lhe disse que não me responsabilizaria por...

— Aham. É claro que não, né?! — resmunguei, mas estava sorrindo. — Vamos lá, então. Hora de começar a festa.

Lee suspirou e bateu levemente com a mão no meu ombro, e ouvi Noah tossindo para tentar disfarçar uma risada.

— Shelly... Por favor, me prometa uma coisa.

— O quê?

— Nunca mais diga isso.

3

— SOU A PRIMEIRA A USAR O CHUVEIRO! — GRITEI, CORRENDO PARA dentro da casa antes que os garotos pudessem fazer o mesmo. Eu sabia que Noah nunca demorava muito, mas os banhos de Lee pareciam sempre durar uma eternidade aqui. Mas acho que ele fazia isso só para me irritar, usando toda a água quente da casa.

Lee e Noah se entreolharam, mas nenhum deles tentou apostar corrida para ver quem chegava primeiro até a casa.

Passei pela cozinha, deixando uma trilha de areia e água do mar que pingava dos meus cabelos. Ouvi June rindo na sala de estar, provavelmente imaginando que eu estava correndo para chegar antes ao chuveiro.

O banheiro que nós três dividíamos não era tão grande. Havia uma banheira que era menor que a média — eu nem sabia que fabricavam banheiras tão pequenas até ver aquela ali — espremida contra a parede, e o chuveiro era daqueles que ficam fixos na parede. A cortina azul do chuveiro fazia com que os azulejos em azul-gelo parecessem ter tons engraçados quando o sol batia na janela durante a tarde.

Liguei o aparelhinho de rádio que ficava em uma das prateleiras que já estava abarrotada de bugigangas ao lado da pia. A transmissão tinha um pouco de estática devido à má recepção, mas até que consegui reconhecer a música o suficiente para começar a cantar junto com o rádio depois que o chuveiro estava aberto.

Guardei no armário a maioria das coisas que estava enfiada na minha mala depois que saí do banho e antes de sermos chamados para o jantar.

E, enquanto eu andava logo atrás de Lee passando pela cozinha para ir até a mesa ao ar livre nos fundos da casa, vacilei. Lee parou também, virando a cabeça para me olhar com uma expressão de "o que aconteceu?".

Mordi o lábio, sentindo-me subitamente apreensiva. Consegui sentir o coração bater mais rápido do que o habitual contra as costelas e engoli em seco.

Eu sabia que as coisas seriam diferentes neste ano, com toda certeza. Sabia que as coisas poderiam até mesmo ficar um pouco esquisitas agora que Noah e eu éramos um casal, e não estávamos andando para cima e para baixo somente como amigos.

Foi somente naquele segundo que eu realmente me dei conta de que éramos um casal. E, além daquela ocasião em que saímos para almoçar no dia em que Lee e eu fizemos aniversário, isso era mais ou menos o jantar oficial onde aconteceria a "apresentação aos pais", certo?

— Shelly?

— Não é nada — respondi para Lee. — Está tudo bem, eu estou bem.

Mas... será que estava mesmo?

Sim, eu estava quase entrando em pânico por dentro. E se as coisas ficassem realmente esquisitas? E se, a partir de agora, as coisas começassem a ficar realmente estranhas? E se... e se... e se...

O estômago de Lee roncou ruidosamente.

— Shelly, você vai jantar ou não?

Será que eu realmente tenho escolha?

— Ah, é claro. Desculpe. — Eu me forcei a abrir um sorriso para ele, mas nós dois sabíamos que ele não acreditou naquilo nem por um segundo.

Saímos para o quintal, onde os pais dele e Noah estavam se sentando. Havia bandejas cheias de comida e também uma vasilha gigante de salada e uma travessa com pão. Cheguei a pensar que a mesa fosse desabar sob todo aquele peso.

— Espero que vocês estejam com fome, garotos — disse June.

O estômago de Lee roncou de novo em resposta à frase da mãe, e todos rimos. Nós nos sentamos em nossos lugares habituais. E, é claro, meu lugar habitual era no meio de Noah e Lee — para que não ficassem brigando na mesa, como a mãe deles sempre dizia. Eu nunca tive um problema com aquilo antes, mesmo quando eles estavam discutindo bem diante de mim.

Nunca havia tido nenhum problema... até agora. Mas, neste momento, eu me sentia um pouco claustrofóbica, sentada entre o meu melhor amigo e o meu namorado.

Se alguém mais estava se sentindo tão irracionalmente paranoico quanto eu, não demonstrou aquilo na mesa. Os rapazes, um de cada lado, estavam se empanturrando enquanto June e Matthew conversavam sobre os planos de irem visitar uma galeria de arte no dia seguinte. Eu soltei um breve suspiro de alívio, com vontade de rir de mim mesma por ser tão idiota, e comecei a atacar minha comida.

O clima continuava tão tranquilo quanto sempre esteve, e fiquei feliz em perceber que havia pelo menos uma coisa que não havia mudado este ano. Não demorou muito tempo até que eu esquecesse por que estava tão preocupada antes de chegar à mesa.

— Bem, Rachel vai chegar aqui à...

— Não fale com a boca cheia, Lee.

Ele engoliu com dificuldade. — Bem, Rachel vai chegar aqui à uma da tarde, na segunda-feira.

— Nós já sabemos — disse Noah, parecendo irritado. — Você não fala de outra coisa desde que a mãe disse que ela poderia vir passar alguns dias aqui.

— Isso é porque ele está apaixonadinho — falei em tom de provocação, esbarrando em Lee com o ombro e sorrindo. Em seguida, simplesmente porque eu não consegui resistir, comecei a cantarolar: — Lee e Rachel, os dois namoradinhos, saem por aí se beijando escondidinhos...

— Ah, eu tenho uma musiquinha melhor — disse ele por cima de mim, mas estava rindo também. — Elle e Noah, os dois namoradinhos, ficam por aí na pegação, escondidinhos...

Decidi fechar o bico antes que Lee dissesse mais alguma coisa. Ele parou de cantar quando eu parei, e nós dois começamos a rir outra vez.

— E então, vocês já planejaram alguma coisa para fazer amanhã, garotos? — Matthew perguntou, e eu tive a sensação de que ele estava tentando mudar o rumo da conversa rapidamente.

— Praia — disse Lee.

— Tomar sol — respondi, e acrescentei: — E Noah vai sair pela praia destruindo os castelos de areia da criançada...

— Como é?! — exclamou June, como se não tivesse certeza se devia se sentir chocada ou rir.

— Aquilo foi um acidente — disse Noah, me dando um cutucão nas costelas.

Eu olhei para ele com uma expressão de quem não estava acreditando, tentando ficar séria e não rir. — Claro. É claro que foi.

— Eu não fiz aquilo de propósito — disse ele, enfatizando cada palavra. — Além disso, ele não devia construir um castelo de areia com um fosso tão gigantesco ao redor.

— Ele caiu no fosso! — disse Lee a seus pais, rindo enquanto se lembrava da imagem de Noah caindo de cara no castelo de areia do pobre garoto e destroçando completamente todo o trabalho.

— Mas... e quando você foi ajudá-lo a reconstruir o castelo? — perguntei, com um sorriso começando a se formar em meu rosto. — Isso foi uma fofura. Sério, uma *fofura*.

Tive um *flashback* lembrando do momento em que Noah tentou amontoar punhados de areia molhada para consolar o garoto cujo castelo de areia havia acabado de ser destruído. O garoto estava gritando num acesso de birra e saiu correndo para chamar a mãe. Noah correu na direção oposta, vindo em nossa direção, enquanto eu tentava não rir. Lee comentou que crianças de seis anos de idade com uma mãe furiosa vindo logo atrás são algo bem assustador, e não vi motivo para discordar daquilo.

Mesmo assim, realmente achei fofo quando ele tentou consertar o estrago que fez no castelo de areia.

— Espere um pouco... — disse Noah. — O que foi que você disse?

— Absolutamente, completamente *fofo*.

— Ah, então eu ouvi certo!

Quando dei por mim, Noah já tinha se levantado da sua cadeira e me agarrado pela cintura, jogando-me por cima do ombro. Eu comecei a gritar, mas estava rindo demais para conseguir me desvencilhar dos braços dele.

Subitamente, uma sensação esquisita surgiu no fundo do meu estômago. Ele não estava indo na direção da piscina, não é? Ele daria a volta. Ele não ia...

Meu corpo bateu na água com um barulho bem ruidoso. Eu subi até a superfície outra vez e fiquei flutuando, enquanto as minhas roupas se encheram de água e ar e ficaram boiando ao meu redor. Meus dentes começaram a bater. Eu nunca imaginei que a água pudesse ficar tão gelada à noite!

Consegui ouvir todo mundo rindo ao redor da mesa diante da porta da cozinha. E vi a silhueta de Noah em frente à casa. Seus braços estavam cruzados, mas eu até consegui enxergar aquele sorriso torto gigantesco em seu rosto.

— Vou matar você por isso, Noah Flynn! — gritei para ele enquanto nadava até a borda da piscina. — Agora vou ter que ir lavar o cabelo de novo e...

Noah se agachou quando eu cheguei à borda da piscina e me interrompeu, dizendo: — Você fica muito atraente quando está brava.

Fiquei olhando para Noah por um longo momento antes de jogar água em seu rosto.

Ele riu discretamente. Eu não tinha certeza se ele conseguia ver ou não, mas revirei os olhos assim mesmo, enquanto o observava.

— Me ajuda a sair? — pedi, estendendo a mão para ele. Embaixo da água, eu estava apoiando os pés contra a parede da piscina.

Ele começou a dizer alguma coisa, mas ficou quieto logo em seguida, e segurou a minha mão para me puxar para fora. Imediatamente comecei a puxá-lo para baixo para tentar fazer com que Noah caísse na água. Eu sabia que aquilo era totalmente previsível, mas pensei que talvez conseguisse puxá-lo para que caísse dentro da piscina.

Como descobri, Noah era muito mais forte do que eu imaginava. Ele nem balançou e nem chegou a perder o mínimo de equilíbrio.

Simplesmente ergueu o corpo e me tirou da água, até que fiquei pendurada na sua mão como um peixe numa vara de pescar.

— Preciso lhe dizer uma coisa, Elle. Eu não imaginava que você fosse tão previsível.

Ri com bastante sarcasmo.

— Tudo isso faz parte do meu grande plano maligno.

Ele me deixou sobre o piso que cercava a piscina e, tentando ainda agir como se eu tivesse algum resto de dignidade, toda molhada e com a água escorrendo pelo corpo, entrei na casa para me secar.

...

OUVI UMA BATIDA DISCRETA NA PORTA DO QUARTO.

Com certeza não era Lee. Ele simplesmente entraria sem a menor cerimônia. E definitivamente não era Noah. Sempre que eu o ouvia bater, o som era mais parecido com o de alguém tentando derrubar a porta a marretadas.

— Ah... pode entrar.

Eu terminei de dobrar novamente uma camiseta e colocá-la na pequena cômoda que ficava nos pés da minha cama. A porta se abriu e June entrou, com aquele sorriso maternal carinhoso que ela sempre tinha estampado no rosto.

— Está tudo bem?

Fiz que sim com a cabeça, e o meu estado irracional de nervos, o mesmo que eu senti antes do jantar, subitamente voltou a tomar conta de mim outra vez.

— Está, sim. Noah é só um idiota. Mas acho que a gente se acostuma com isso depois de alguns anos.

Ela riu baixinho e sentou-se na beirada da cama de Lee. — Elle... escute, meu bem, eu queria lhe perguntar uma coisa, mas somente porque me importo com você. Não estou fazendo isso para que você se sinta constrangida. — Ela sorriu de um jeito bastante reconfortante e continuou. — Estou apenas um pouco confusa em relação a você e ao Noah, só isso. Sobre o que vocês vão fazer quando ele for para a faculdade.

— Ah... — Gente, mas era só isso? — Ah... bem, nós vamos... você sabe, tentar aproveitar o verão ao máximo. Como Harvard fica do outro lado dos Estados Unidos, nós... não achamos que...

Eu deixei a frase morrer no ar quando percebi o jeito que June me olhava.

Era um olhar como aqueles que você vê no rosto de pessoas como mães e professores, um olhar que diz: "Ah, você é tão ingênua... não sabe realmente o que está dizendo".

— Sério? Você realmente acha que essa é a melhor opção?

Mas ela disse aquilo de uma maneira gentil, não como se quisesse soar condescendente.

— B-bom... eu acho... sim... porque... relacionamentos a distância raramente dão certo e...

— Ah, meu bem, não seja boba — disse ela, sorrindo. — Eu vejo o jeito que ele olha para você. Para não mencionar o jeito que você olha para ele. — Eu senti um calor subir pelo meu rosto, e ela continuou: — Vocês não vão nem mesmo tentar? O que aconteceu com aquela Rochelle que se vestia de princesa e disse que um dia iria crescer e morar em um castelo com o seu príncipe encantado?

Eu levei as mãos ao rosto para cobri-lo por um segundo, rindo em meio à vergonha. — Ah, meu Deus, tinha me esquecido disso!

— Querida, eu sou mãe. É meu dever lembrar todos vocês das coisas constrangedoras que faziam quando eram pequenos. — Ri outra vez e sentei-me na beirada da minha cama para ficar frente a frente com June. Ela colocou a mão no meu joelho. — Mas eu estou falando sério — prosseguiu. — Vocês dois não vão nem mesmo tentar fazer um esforço?

Dei de ombros. Tinha a sensação de que não saberia o que dizer, porque sabia que ela queria uma resposta diferente daquela que eu lhe daria.

— É somente a perspectiva de uma mãe em relação a essas coisas — disse ela, suavemente, erguendo as mãos como se quisesse se defender. Em seguida, colocou as mãos sobre as coxas e se levantou da cama. — Preciso terminar de guardar as coisas nos armários. Você provavelmente já deve estar dormindo em pé depois de tudo o que fizeram hoje.

Consegui abrir um sorriso. Ela tinha razão: mais alguns minutos e eu estaria dormindo em pé, literalmente.

Dei boa noite à June e fiquei sentada por um momento, olhando fixamente para a porta fechada. Antigamente, a madeira da porta era escura, mas agora havia desbotado um pouco. Havia alguns arranhões nela, bem nos lugares onde Lee e eu sempre medimos a nossa altura a cada ano que vínhamos aqui. Fiquei olhando para a porta sem realmente enxergá-la, com um amontoado de pensamentos desorganizados se revirando em minha cabeça.

Será que aquilo realmente daria certo para nós? Um relacionamento a distância?

Relacionamentos como esse nunca funcionavam, e haveria uma distância enorme entre nós, além de algumas horas de diferença entre os fusos horários. Não era como se essa situação tivesse aparecido do nada para nós e fosse muito fácil encontrar uma solução. Tudo que era jogado contra nós; era como se o destino estivesse simplesmente tentando gritar para mim: "As coisas nunca vão dar certo para vocês!".

Mas eu não queria perder o Noah. Não queria ter que terminar o namoro. Na verdade, sentia até mesmo uma certa vontade de experimentar um relacionamento a distância. Eu simplesmente tinha medo de que as coisas não dessem certo.

Mas será que ele sentia o mesmo?

O que aconteceria se ele não quisesse tentar? E se...

— Toc-toc? — Lee subitamente estava no vão da porta, e tinha duas canecas fumegantes, uma em cada mão. Ele abriu aquele sorriso fácil que sempre tinha e disse: — E aí? O que aconteceu?

Eu peguei a caneca que ele me entregou. — Chocolate quente? Bem no meio do verão?

— É claro! — disse Lee com um sorriso que mostrava quase todos os dentes. Ele sentou na cama, ficando de frente para mim, exatamente no mesmo lugar onde a mãe estivera antes. — Minha mãe disse que você estava com cara de alguém que precisava de um chocolate quente. E então, o que aconteceu?

— Não aconteceu nada. É que...

— O que foi que minha mãe disse para você agora? — Ele bufou.

— Nada! Bem, digo... então, ela estava dizendo... ela não disse com todas essas palavras, mas obviamente ela acha que Noah e eu deveríamos tentar continuar o namoro quando ele for para a faculdade. E eu... eu simplesmente não sei! Será que ele quer mesmo ficar comigo? Ele nunca teve um relacionamento longo antes, nunca. Provavelmente vai querer terminar o namoro no fim do verão para procurar uma garota que seja realmente bonita e inteligente com quem consiga estar junto o tempo todo e que não more do outro lado do país, você sabe... É como se...

— Ei, ei, espere aí. Vá com calma, desse jeito não consigo acompanhar a história. — Dei uma risadinha e tomei um gole do meu chocolate quente. Lee continuou: — Em primeiro lugar, ele não vai querer terminar o namoro com você. Fim de conversa.

— Você sabe muito, muito mesmo, como ajudar a resolver problemas, sabia? — Eu ri.

— Ah, eu sei muito bem disso.

Eu ri mais uma vez e balancei a cabeça negativamente. — Sabe de uma coisa? Isso não tem importância. Esqueça qualquer coisa que eu tenha dito.

E, realmente, o meu plano era simplesmente esquecer tudo o que estivesse relacionado àquela situação e, a menos que Noah tocasse no assunto, deixar tudo para o fim do verão. E aí, quando o verão acabasse, talvez conversássemos a respeito. Quando fosse absolutamente necessário.

As coisas realmente ficariam bem esquisitas entre nós se eu tocasse no assunto e ele dissesse: "Na verdade, eu quero mesmo terminar o namoro no fim do verão".

Isso não vai acontecer, pensei, determinada.

Enquanto isso, no mundo real, eu disse em voz alta: — O que vai acontecer quando Rachel chegar aqui, então? Onde ela vai dormir?

— No sofá da sala é que não vai ser — disse Lee antes que eu perguntasse isso. — Ela vai ficar com a minha cama. E eu vou dormir no chão do quarto de Noah por algumas noites.

— Ah, certo. Está bem, então.

— Você não se importa, não é? De ter que dividir o quarto com Rachel? Você não vai ficar brava se tiver que fazer isso, não é?

Olhei para Lee por cima da minha caneca de chocolate quente e sorri. Mesmo se eu detestasse Rachel com todas as minhas forças, algo que era totalmente impossível de acontecer, pois ela era muito legal, aceitaria fazer aquilo. Por Lee.

— É claro que não me importo, Lee. De verdade. Vai ficar tudo bem.

4

OS PRÓXIMOS DOIS DIAS SE PASSARAM ANTES QUE EU CONSEGUISSE piscar. Não estávamos nem fazendo muita coisa. Acordávamos tarde, íamos para a praia praticar *bodyboard* ou nadar, talvez brincar um pouco de jogar *frisbee*, voltávamos para a casa para almoçar... E então voltávamos para a praia ou simplesmente ficávamos ao redor da nossa pequena piscina durante a tarde. Geralmente, na parte da tarde, Lee e Noah acabavam dormindo. Eu não sabia como eles conseguiam dormir daquele jeito por horas, mas pelo menos Lee não ficava me incomodando para ir fazer algo "divertido" em vez de tomar sol e ler um livro.

No domingo, Lee estava ficando bastante empolgado. Agia como um cachorrinho animado, já que Rachel chegaria no dia seguinte. Mas isso também significava que ele estava por toda parte, andando de um lado para outro. Disse que ia buscar sorvete, mas voltou com um par de pés de pato.

Eu nem me atrevi a perguntar o motivo.

Ele passava tanto tempo trocando mensagens com Rachel que eu disse, totalmente irritada com o barulho do seu celular a cada quatro segundos: — Pelo amor de Deus, Lee! Ligue logo para ela! Que chatice!

Noah riu, mas Lee simplesmente disse: — Está bem! — Ele estava bem alegre, e já procurava o número na lista de contatos enquanto se afastava de nós.

— Ele está tão pilhado que nem é mais engraçado — Noah disse para mim, com a voz séria. — Quanto tempo você acha que vai levar até que eu tenha que vestir um fraque de pinguim para o casamento?

— Hmmm, acho que uns dois anos. — Eu ri.

— Tudo isso? Está falando sério?

Ri novamente, inclinando a cabeça para receber melhor o sol. Conseguia sentir o suor se formando nas minhas costas e na minha testa. — Estou com muita sede — eu disse, de repente. — Quer ir pegar uma coca no bar?

Havia mais umas duas ou três casas perto da nossa, e a faixa costeira na qual as construções estavam alinhadas formava quase uma praia particular. Nunca tive certeza absoluta se aquela praia realmente era particular, mas sempre tínhamos que fazer uma caminhada relativamente longa para conseguir chegar até a pequena loja que havia ali, a barraca dos surfistas, e o bar.

Eu adorava aquele bar à beira praia. Havia alguma coisa ali que me fazia pensar no Caribe. O lugar era coberto por um teto grosso de palha trançada, construído como se fosse um guarda-chuva enorme, e as bebidas sempre eram servidas com pequenos enfeites que também tinham o formato de guarda-chuvas.

— Claro — respondeu Noah. Ele enfiou a mão embaixo da toalha para pegar a carteira, tirando algumas notas dali. — Vamos lá.

Estávamos conversando sobre alguma coisa completamente aleatória, uma nova música que havia começado a tocar no rádio ou algo assim, enquanto esperávamos que o *barman* viesse nos servir. Eu estava olhando de um lado para o outro, e percebi que uns dois ou três rapazes conversavam e olhavam para Noah. Ele não os viu porque estava virado para o outro lado, mas tive a impressão de que os dois conversavam sobre ele.

— Você conhece aqueles caras? Ali, daquele lado? — perguntei, antes de pensar no que estava dizendo. Sabendo como sou, talvez eu estivesse simplesmente vendo coisas onde não havia nada de mais, e os dois não estivessem nem mesmo olhando para ele.

Noah se virou para trás, bem na direção dos rapazes que o olhavam insistentemente. Parecia que os dois tinham mais ou menos a nossa idade, prestes a entrarem no último ano do ensino médio ou no primeiro da faculdade.

Eu estava a ponto de lhe dar um tabefe no braço, pensando que era uma estupidez olhar para os dois daquele jeito tão direto, mas percebi que Noah provavelmente estava pouco se lixando para aquilo. Ele voltou a se virar para frente sem parecer abalado, mas, antes que eu pudesse dizer uma palavra, o *barman* chegou até onde estávamos.

— Pois não? O que posso trazer para vocês, galera?

— Duas cocas — disse Noah, colocando o dinheiro sobre o balcão.

— Noah! — exclamei, dando um tapa na mão dele quando percebi que ele não ia dizer nada. — Você conhece aqueles dois ou o quê? — Dei mais uma olhada rápida para onde eles estavam e disse: — Eles ainda estão olhando para cá.

— Sim. Se for o cara que estou pensando, fiquei com a ex-namorada dele no verão passado. Ele tentou me socar, então, naturalmente, eu agi para me defender. Mas talvez não seja nem mesmo ele — disse Noah.

— O quê? Quando foi que...

— Lembra de todas aquelas festas e fogueiras na praia e outras coisas do tipo? Aquelas em que você e Lee nunca queriam ir? — Fiz que sim com a cabeça. Noah apontou com o polegar por cima do ombro na direção dos garotos que estavam olhando para ele. — Acho que aconteceu em uma dessas festas.

— E por que você...?

— Ele estava querendo arrumar briga. Eu quase nem me lembrava, Elle. Não tem importância.

Abri a boca para protestar, mas não sabia exatamente o que dizer. Dois copos altos de coca-cola foram colocados diante de nós, balbuciei um "obrigada", tomando um gole do meu.

Voltamos para o assunto que eu havia interrompido há alguns minutos, conversando tranquilamente até terminarmos de tomar os refrigerantes. Mas eu não conseguia evitar... Ficava olhando a toda hora para um ponto além de onde Noah estava, meus olhos desviando rapidamente para os rapazes que ainda estavam ali. Um deles tinha uma expressão de escárnio no rosto, e os outros dois estavam rindo. Isso me causou uma sensação ruim no estômago.

Quando nos levantamos para ir embora, ainda tentei ficar de olho neles. A sensação ruim continuava. Eu não tinha nenhuma dúvida de que Noah seria capaz de enfrentar três garotos se eles tentassem fazer alguma coisa. O que me preocupava era que ele agisse como um idiota e acabasse machucando seriamente algum deles.

Noah esbarrou com o seu ombro no meu e disse: — Você está se preocupando com algo que não tem a menor importância.

— Não estou me preocupando — neguei, ficando automaticamente na defensiva.

Noah abriu seu sorriso torto de sempre e fez um ligeiro movimento negativo com a cabeça.

— Ah, claro que não, Elle.

Talvez eu estivesse exagerando um pouco. Não seria a primeira vez. Talvez Noah tivesse razão e eu estivesse me preocupando com algo que realmente não tinha importância.

Mesmo assim, ainda fiquei chocada quando alguém trombou repentinamente com Noah. Foi algo que aconteceu completamente de propósito, mas o rapaz — o cara loiro que estava olhando para Noah com aquele sorriso de escárnio — recuou, dizendo de maneira bastante irônica: — Ei, desculpe, cara, eu nem percebi que você estava aí.

Vi o músculo do queixo de Noah começar a latejar.

Ele empurrou o outro cara para trás. E nem foi com tanta força; mais um cutucão do que um empurrão.

— Por que você não olha por onde anda, hein?

O cara que havia trombado com ele deu uma risada, e seus dois amigos tinham sorrisos idiotas no rosto também. — Claro, é claro. Pode deixar.

Os dedos de Noah estavam se fechando ao lado do corpo, e ele os flexionou para abri-los. Eu olhava para ele e para os três rapazes, e depois novamente para Noah, imaginando quem daria o primeiro soco. Quase dava para sentir no ar que havia uma briga prestes a começar. Pelo canto do olho, consegui ver que as pessoas estavam se sentando no bar ou começavam a se levantar, observando e esperando.

Estendi a mão e toquei o pulso de Noah:

— Vamos, vamos *embora*.

O rapaz loiro olhou para mim, e depois sorriu com aquela expressão irônica para Noah outra vez:

— E então, quem foi o cara de quem você roubou a garota este ano, Flynn? Acho que vão acender uma fogueira daqui a uns dois dias... Talvez este ano alguém queira retribuir o que você aprontou no ano passado.

Noah bufou, olhando para o loiro da mesma forma que olharia para uma mancha de sujeira em sua preciosa moto. — É melhor você deixar disso e crescer.

Ele se distanciou para ir embora, e fiquei totalmente chocada por um momento. Noah Flynn, o maior *bad boy* de toda a escola, o viciado em violência, dando as costas para uma briga?

Uau... talvez ele realmente tivesse mudado.

Mas o cara loiro e seus amigos não queriam que aquele fosse o fim da história. O loiro interrompeu a passagem de Noah, empurrando-o para trás. E eu simplesmente fiquei ali, sem saber exatamente o que fazer. Onde diabos estava Lee quando a gente precisava dele?

Olhei para o rosto de Noah e vi uma versão maldosa do seu sorriso torto se formando em seus lábios. Percebi seus dedos se fechando lentamente outra vez.

— Qual é, cara? Você realmente quer arrumar uma briga bem na frente de uma garota?

O rapaz loiro decidiu empurrar Noah outra vez para demonstrar sua intenção; eu quase nem vi quando isso aconteceu. Noah se moveu muito rápido, acertando o rapaz na lateral do rosto antes que ele tivesse qualquer chance de encostar no meu namorado. Ele cambaleou para trás, e um dos seus amigos-comparsas o amparou. Ele se desvencilhou dos dois, cuspindo na areia.

— Elle... — disse Noah.

Pisquei os olhos rapidamente, uma ou duas vezes, e vi que ele já tinha começado a se afastar. Acelerei o passo para ir atrás dele, quase tropeçando na areia. Olhei para trás várias vezes e o cara loiro estava tentando se livrar de algumas pessoas que estavam à sua volta, e saiu do bar pisando duro. Parecia que Noah havia ferido o seu orgulho muito mais do que qualquer outra coisa.

— Você *acha* que pode ter ficado com a ex-namorada dele no verão passado? — repeti, quase tropeçando nos meus próprios pés até emparelhar com ele.

— Certo, certo. Talvez eu tenha ficado. E daí? O que você vai fazer, Elle? Vai me passar um sermão sobre como eu não devia arrumar briga com alguém que esteja tentando arranjar confusão? Vai dizer que eu sou um idiota viciado em violência? Você viu aquele babaca. Ele estava querendo começar uma briga de propósito e você sabe disso.

— Sim, ele estava mesmo, mas... bem, você...

— O que foi? — perguntou ele, irritado e já com a paciência esgotada. Eu tinha que andar bem rápido para conseguir acompanhar aqueles passos longos, fortes e enfurecidos. Já tínhamos quase voltado ao lugar onde havíamos deixado nossas coisas agora, com aqueles passos acelerados. — O que foi, Elle? O que você vai dizer agora? Que não valia a pena arrebentar aquele cara? Que eu não devia me envolver em brigas mesmo quando os outros estão vindo para cima de mim? O que foi?

— Ele estava querendo mesmo arranjar uma briga. Eu sei disso, está bem? — esbravejei de volta, mas a minha voz estava mais baixa que o habitual. — É só um pouco assustador.

E eu me arrependi disso assim que a palavra saiu da minha boca.

"Assustador" não era exatamente o termo que eu queria usar. A minha intenção era dizer que eu realmente não gostava de ver pessoas brigando. Claro, era muito legal ver isso nos filmes onde tudo era coreografado, mas, quando acontecia na vida real, as coisas eram bem diferentes. Eu não sabia o que fazer! O cara estava agindo como um imbecil, e qualquer um que estivesse por perto — até mesmo Lee! — provavelmente acabaria dando uns tapas nele. Mesmo assim, isso não significava que eu me sentia confortável com a situação.

A parte que me assustava não era exatamente Noah; eram as brigas, de maneira geral.

Mas, sendo ou não sendo a palavra certa, a minha frase o fez parar e suspirar. Ele entrelaçou os dedos atrás da cabeça e esticou o pescoço para trás, olhando para o céu. Depois de um momento, soltou o ar longamente pelas narinas, largando os braços ao lado do corpo e me olhando nos olhos.

— Você realmente sabe fazer com que eu me sinta culpado, não é mesmo, Elle?

— Não foi a intenção — eu disse, honestamente. — É que...

— Não, eu entendo — ele falou. O canto da sua boca se levantou num sorriso entristecido. — Entendi.

Abri a boca, mas não sabia exatamente o que dizer. Assim, andei os últimos dois ou três passos até onde estava a minha toalha e me sentei, tirando os óculos de sol e deitando com as costas para baixo, apoiando a cabeça nos braços.

Ele se abaixou e ficou sentado ao meu lado na areia. — Elle?

— Sim?

— Eu não... — Ouvi os dentes de Noah rangerem por um momento bem curto. Ele detestava falar sobre qualquer coisa que fosse remotamente emocional. Quando continuou, começou a falar rapidamente com palavras meio desconexas, como se realmente não quisesse dizê-las, mas tendo que fazer isso. — Eu não quero que você sinta medo de mim.

Eu me contorci para erguer o rosto e olhar para ele, apertando os olhos quando a luz forte do sol entrou na minha linha de visão.

— Não é de você que eu tenho medo — disse a ele. E era verdade, porque eu sempre soube que Noah não era o tipo de homem que chegaria perto de bater em uma garota. Agora eu tinha certeza de que, mesmo se ele ficasse muito, mas muito enfurecido, ainda assim ele jamais chegaria perto de fazer uma coisa dessas. Ele poderia ser instável e grosseiro às vezes, mas uma atitude dessas realmente não fazia parte da sua natureza.

— Sim, mas...

— Eu disse que achava aquele tipo de *coisa* assustadora. Estava falando das brigas, e não de você, Noah. Tem uma grande diferença aí — expliquei.

— Ah. Certo. Está bem.

Tive que rir da momentânea falta de palavras dele, mas também ri somente para amenizar o clima. Noah conseguiu forçar um sorriso encabulado e jogou um pouco de areia por cima do meu ombro.

— Você é incrivelmente bonita, Elle. Sabia disso? — ele disse olhando para mim.

Senti que havia sido pega desprevenida com a mudança súbita de assunto, mas não reclamaria. Minhas bochechas estavam ficando mais quentes, e não era por causa do sol.

— Ah... obrigada?

Noah riu e se levantou, batendo na bermuda para sacudir a areia.

— Vou nadar. Você vem comigo?

— Não — respondi, preguiçosamente, fechando os olhos para curtir a sensação do banho de sol. Ele riu mais uma vez, e eu ouvi seus passos se afastando pela areia.

5

NA MANHÃ DA SEGUNDA-FEIRA, ACORDEI BEM NO MOMENTO EM QUE o sol estava nascendo, após uma noite incrivelmente maldormida.

Resmunguei, me contorcendo sobre o colchão até cair da cama.

— Desculpe — sussurrou Lee, ruidosamente. — Acordei você?

— Um touro raivoso em uma loja de porcelanas faz menos barulho do que você, Lee — reclamei, batendo a areia do meu pijama e jogando o lençol em uma pilha em cima da cama. Esfreguei os olhos e bocejei. — Mas que diabos você está fazendo acordado uma hora dessas?

— Rachel vai chegar hoje, e... — Ele deixou a frase morrer no ar, pois aquela explicação já era suficiente. Embora houvesse uma parte de mim que achava adorável que Lee tivesse acordado tão cedo em plenas férias para tentar arrumar um pouco o quarto para que o lugar não parecesse tão bagunçado quando sua namorada chegasse, ainda assim apertei os meus olhos sonolentos para encará-lo.

— Que horas são?

— Sete.

Foi aí que joguei meu travesseiro nele.

Ele riu e apanhou o travesseiro no ar, jogando-o novamente na minha cama. Eu o encarei novamente com uma expressão enfezada por me acordar tão cedo, peguei meu biquíni e um short e fui para o banheiro. Não ia conseguir voltar a dormir agora, mas talvez um banho pudesse me acordar definitivamente.

Fechei as duas portas instaladas nos dois lados do banheiro. A única fechadura estava na porta de Noah, e ela nunca chegou a funcionar direito. Acabamos desenvolvendo um sistema bem simples: se as portas estivessem fechadas, era sinal de que o banheiro estava ocupado.

O banheiro já não era grande, e Lee ainda trouxe uma dúzia ou mais de produtos para o cabelo e os deixou espalhados por toda parte. Junto com os meus apetrechos de higiene feminina organizados cuidadosamente e as poucas coisas de Noah largadas onde houvesse espaço, ele parecia bem menor e muito mais entulhado. Empurrei as coisas de Lee até a borda da estante para conseguir deixar as minhas roupas.

Esperei até que o chuveiro esquentasse e me debrucei sobre a pia para jogar água gelada no rosto, esperando que aquela vontade de voltar a dormir desaparecesse. Não funcionou muito bem. *Lee é um imbecil,* pensei, irritada.

Eu havia acabado de ensaboar os cabelos quando ouvi uma porta se abrir. Suspirei ruidosamente pelo nariz e enfiei a cabeça pela fresta da cortina do chuveiro, com o xampu escorrendo pelas laterais do rosto.

— Lee, eu não me importo a que horas Rachel vai chegar, o seu gel de cabelo pode esperar até que eu termine de tomar...

Noah olhou para mim e começou a rir.

— Cara, eu preciso muito tirar uma foto disso! — disse ele, rindo, referindo-se à minha cara irritada e aos meus cabelos cheios de espuma.

Eu simplesmente olhei para ele com cara de poucos amigos. Não cheguei nem a me sentir envergonhada — eu já estava cansada, ranzinza e muito mal-humorada. E ele não estava ajudando nem um pouco a melhorar a situação.

— Saia daqui! A porta estava fechada! Eu estou no chuveiro! — quase gritei com ele, recuando para trás da cortina e começando a enxaguar os cabelos, fazendo tanta força com as pontas dos dedos contra o couro cabeludo que chegava a doer. Mas eu realmente estava com um humor péssimo naquele momento.

— O que foi, não quer que eu entre aí para tomar um banho com você? — Eu quase era capaz de visualizar aquele sorriso torto no rosto dele.

— Noah!

— O que você está fazendo acordada tão cedo, menina rabugenta?

— Lee não é exatamente a pessoa mais silenciosa do mundo — respondi, ainda brava.

— Achei que você fosse dizer isso. De qualquer maneira, eu queria lhe perguntar uma coisa. Quer sair para fazer alguma coisa hoje à noite?

— Noah, eu estou no banho! *Vá embora!*

Ouvi Noah rindo. — Tudo bem, tudo bem, vou considerar isso como um "não". Eu só estava perguntando... nossa, que mau humor.

Agarrei a cortina do chuveiro outra vez, puxando-a para trás com um movimento brusco para enfiar a cabeça de novo. — Nós vamos sair todos juntos mais tarde, de qualquer maneira, então não podemos fazer nada esta noite. Mas talvez amanhã. Eu adoraria. Agora... *saia... daqui!*

Ele riu outra vez. — Seu humor não é dos melhores a esta hora da manhã, não é mesmo, Shelly?

— Ah, só agora ele percebeu — resmunguei. Fechei a torneira do chuveiro e estendi um braço por trás da cortina para tatear o lugar às cegas em busca da minha toalha. Não sabia o motivo pelo qual eu havia me incomodado em esconder o meu corpo; não era como se Noah nunca tivesse me visto nua antes. Mas a sensação foi diferente. Talvez fosse a casa da praia que dava a sensação de que ainda estávamos nos velhos tempos, como se ele ainda fosse simplesmente o irmão mais velho do meu melhor amigo.

Quando já estava com a toalha enrolada ao redor do corpo, saí de trás da cortina e vi que Noah estava escovando os dentes, vestido somente com a calça de moletom que, imagino, ele havia usado para dormir. Ele olhou para mim com um sorriso curto e agradável, e percebi o brilho provocador e malandro em seus olhos brilhantes e azuis, que me dizia que ele estava tirando um sarro com a minha cara por ser tão rabugenta àquela hora da manhã.

— Nem comece. — Eu o empurrei com o quadril para tirá-lo do caminho para conseguir alcançar minhas coisas. Especialmente a escova de dentes e a de cabelo.

Noah se afastou um pouco e ficou ao lado da pia, com os braços cruzados sobre o peito e os olhos fixos em mim. Tentei ignorá-lo. Meu humor ainda estava ruim por ter acordado tão cedo, mas não era fácil.

Quando terminei de pentear os cabelos e guardei a escova, olhei para ele. — O que foi? — disse, bem ácida.

Noah deu de ombros. — Nada, eu só estava pensando.

— Pensando no quê? — A curiosidade estava começando a tomar conta de mim, mas a pergunta ainda saiu em um tom irritado.

— Amo você. — Foi a resposta simples que ele me deu, acompanhada por um sorriso miúdo, mas genuíno.

O meu olhar de raiva acabou perdendo a força, mas não muito. Eu podia ser uma pessoa absolutamente horrível pela manhã, especialmente quando devia estar curtindo as férias... Mas não tive como não ceder àquilo, pelo menos um pouco.

Ele se curvou por sobre a pia para me dar um beijo nos lábios — um beijo leve e curto. Seus braços se fecharam ao redor da minha cintura e ele me abraçou, puxando-me para junto do seu corpo por um momento antes de dizer: — Certo, eu vou deixar você se vestir antes que arranque a minha cabeça com uma mordida, menina rabugenta.

Ele virou de costas, e eu disse, ainda com o tom mal-humorado na voz: — Ei, você não vai fugir tão facilmente, mocinho. — E o beijei com vontade, sentindo um sorriso se formar no meu rosto e o mau humor, típico de quando preciso acordar cedo, desaparecendo rapidamente.

...

DESCOBRIMOS QUE RACHEL CHEGARIA ALGUMAS HORAS ANTES DO previsto. A mãe de Lee foi buscá-la em alguma rodoviária ou coisa parecida, e Lee estava tão empolgado que precisei deixar de lado a irritação que sentia em relação a ele por me acordar tão horrorosamente cedo. A casa da praia não tinha realmente a estrutura necessária para receber uma pessoa extra, mas daríamos um jeito. Lee havia colocado um colchão inflável no quarto de Noah. Lee não tinha problemas em dormir no colchão inflável, na realidade, o que mais o incomodava era o fato de ter que dividir o quarto com o irmão.

Quando ouvimos o carro finalmente estacionar diante da casa, trazendo June e Rachel, fiquei totalmente chocada quando percebi que Lee não estava saindo aos pulos pela porta.

Ele notou que eu o olhava de um jeito estranho e disse: — O que foi? Você acha que eu quero que ela pense que estou desesperado?

— Mas é exatamente assim que você está — disse Noah, brevemente, enquanto trocava a TV de canal.

— Sim, mas Rachel não precisa saber que Lee está perdidamente apaixonado por ela — expliquei, e sorri para ele. — Mas, pelo menos, me prometa que você não vai usar alguma coisa nojenta no casamento, tá?

— Ha-ha — retrucou ele, sarcástico. — Ah, por falar nisso, meu pai disse que vamos sair todos juntos para jantar em alguma churrascaria esta noite, para dar as boas-vindas a Rachel ou coisa do tipo.

— Desde quando? — perguntou Noah, desviando os olhos da TV.

— Ele disse isso durante o café da manhã.

— Ah... Bom, por mim, tanto faz.

A porta se abriu, deixando passar a voz animada de Rachel e June, que chamou: — Olá!

— Meu pai ainda está procurando o colchão inflável! — gritou Lee em resposta, levantando-se para ir até o corredor de entrada. Ouvi quando ele cumprimentou Rachel e disse que iria lhe mostrar o quarto.

— Ah, você e Elle vão dividir o quarto, mas isso não vai ser um problema, não é?

— Claro que não! — disse ela com seu tom de voz alegre. Larguei o corpo no sofá ao lado de Noah e, um instante depois, Rachel apareceu pelo vão da porta, dizendo: — Oi, pessoal!

— Oi! — respondi, sorrindo para ela. Sabia que seria esquisito ter Rachel por perto, mas provavelmente gostaria da companhia de outra garota para variar (a mãe de Lee não contava; ela era mãe).

Olhei para a TV e vi que Noah havia parado de mexer no controle remoto e estava assistindo a um programa que fazia a cobertura das corridas da NASCAR. Assisti com ele por uns vinte segundos, mas logo disse: — Não vamos ficar assistindo a essa coisa. Tem que haver algo melhor na TV. Talvez algum desenho animado.

— Um desenho? Você está me zoando, né?

Olhei para Noah com cara de brava, e fui pegar o controle remoto onde ele o havia deixado, sobre o braço do sofá. Mas ele o agarrou e ergueu o controle acima da cabeça.

— Noah! — reclamei, e subi em cima do sofá tentando alcançá-lo, mas ele sempre movia o controle para longe das minhas mãos. Acabei caindo sobre ele, com as pernas abertas sobre seu colo, os nossos narizes quase se tocando. Ficamos nos olhando por um momento muito longo, e eu estava tentando ganhar tempo, apenas esperando uma boa oportunidade, uma brecha para poder avançar sobre o controle remoto mais uma vez.

Noah ergueu a mão livre para colocar uma mecha de cabelo atrás da minha orelha, e as pontas dos seus dedos ficaram paradas perto da base do meu pescoço. E então...

Dei um grito, pulando de volta para o sofá e tentando fugir. Mas Noah era rápido demais e já estava deitado por cima de mim, me prensando contra as almofadas e fazendo cócegas sem qualquer piedade. Eu arfava para conseguir respirar, porque estava rindo demais. Tentei me contorcer, espernear, afastar as mãos dele. Mas não deu muito certo.

— Noah! — berrei. — Noah, pare com isso!

Ele riu, com um sorriso malandro no rosto e um brilho diabólico naqueles olhos azuis. Mas foi então que a mãe dele disse, do outro lado do corredor: — Ei, nada de tirar as roupas aqui na sala!

Nós dois paramos. Percebi que minhas bochechas começaram a ficar vermelhas e Noah mordeu o lábio, segurando-se para não rir. Dei um tabefe no peito dele enquanto minha mão ainda estava livre, porque a expressão em seu rosto estava me dando vontade de explodir em risadinhas de novo. Mordi a parte interna das bochechas com força.

Mas ele estava simplesmente olhando para mim de um jeito diferente. Levei as mãos até o rosto, tocando as bochechas, o queixo e o nariz.

— O que foi? — perguntei. — Tem alguma coisa na minha cara?

— Não, nada.

— Então por que você está me olhando desse jeito?

Ele deu de ombros. — Por nada. — Encostei o dedo cuidadosamente no nariz outra vez e ele riu, afastando a minha mão do rosto. — Não é nada, pode acreditar.

— Ah.

— Você é linda, Elle. Sabia disso?

Ele me encarou com um daqueles seus raros sorrisos sinceros. Não era o sorriso torto e sexy de sempre, sua marca registrada, nem mesmo um meio-sorriso. Era aquele que fazia aparecer a covinha que Noah tinha no lado esquerdo do rosto, e era tão contagiante que eu tive que retribuir, sentindo aquela sensação morna e empolgante no estômago.

— Estamos combinados para amanhã à noite, então?!

— Hein? — *Será que eu tinha deixado passar alguma coisa?*

— Eu disse para você de manhãzinha. Talvez a gente pudesse fazer alguma coisa esta noite — disse Noah. Eu apenas concordei com a cabeça. — Mas não podemos, porque aparentemente vamos sair todos juntos para ir a essa tal churrascaria. Mas nós faremos alguma coisa amanhã.

— E o que nós vamos fazer? — perguntei. — Você está com alguma coisa em mente?

— Tenho algumas cartas na manga.

— Você não vai me levar para assistir a uma corrida daqueles carros com rodas gigantes, não é?

Ele riu e beliscou o meu nariz de leve. Fiz uma careta, retorcendo o rosto. — Não, nada disso. Eu conheço você, Elle. Pode confiar em mim, você vai adorar... Se tudo acontecer do jeito que estou planejando.

— E o que você está planejando, hein?

Ele deu de ombros. — Ah, isso é surpresa.

Bufei, encarando Noah com um olhar irritado. — Por que você sempre tem que transformar tudo em surpresa? Será que não pode simplesmente me dizer o que vamos fazer, já que vamos fazer alguma coisa? É um saco não saber. Eu fico me sentindo como se fosse uma idiota. Será que você não pode simplesmente me dizer o que está pensando?

Ele me encarou com um sorriso diabólico, parecendo-se incrivelmente com Lee por um instante. — Ah, mas isso não seria nem um pouco divertido.

— Você simplesmente gosta de ficar me provocando desse jeito, não é? — perguntei, fazendo beicinho.

— Aham. Gosto bastante. — Ele baixou a cabeça para me dar um beijo rápido nos lábios antes de se levantar com um salto e estender a mão para me ajudar a ficar em pé também. Suspirei, ainda fazendo bico, mas segurei na mão dele e deixei que me levantasse.

— Vai querer assistir ao resto da corrida comigo, Elle? — perguntou Noah, com aquele tom implicante na voz. Olhei para ele e depois para a corrida ainda passando na TV, e levantei as sobrancelhas como se quisesse dizer "Você só pode estar me zoando". Noah riu e voltou a se sentar no sofá. Eu me sentei ao lado dele, aconchegando-me junto ao seu corpo. Mesmo que não quisesse realmente assistir à corrida, estava me sentindo muito, muito feliz.

...

DEPOIS DE MEIA HORA, MAIS OU MENOS, RACHEL JÁ TINHA TIRADO da mala o essencial — mais especificamente, seu traje de banho e um vestido para a praia, o protetor solar e um par de chinelos. Depois que ela se trocou e estava pronta, nós todos descemos para a praia, passando pela trilha de terra batida.

Arranquei a camiseta que estava usando e tirei o short que havia colocado por cima do meu biquíni vermelho com estampa de bolinhas. — Vou nadar. Alguém mais vem comigo?

— Ah... talvez daqui a uns dez minutos — disse Rachel com um sorriso luminoso.

Não me incomodei em olhar para Lee ou esperar que ele respondesse, e virei-me de frente para Noah, que estava fazendo rolar a *playlist* em seu celular. Eu o puxei pelo cotovelo. — Ei, vamos lá. Aposto que chego na água primeiro.

Ele olhou para mim com um sorriso torto, e uma das suas sobrancelhas escuras se ergueu. — Ah, quer correr? E o que vou ganhar quando vencer?

— *Se* você vencer — corrigi, enfatizando a diferença. — Hmmm...

— Tenho certeza de que vou conseguir pensar em um prêmio — disse ele, piscando o olho com aquela arrogância que sempre me fez imaginar por que atraía as garotas. Ele largou o celular na toalha e jogou os óculos de sol por cima de tudo.

— Três... — disse ele. — Dois...

Nós dois já estávamos correndo a toda velocidade, fazendo a areia levantar quando a contagem chegou ao "dois", como se tanto eu quanto Noah soubéssemos que o outro fosse sair correndo antes do sinal de largada para conseguirmos uma vantagem. Os pés deslizavam na areia seca e fina. A sensação era de estar fazendo algo muito infantil, apostando corrida para ver quem era o primeiro a chegar à água.

Amei fazer aquilo.

E eu amava Noah. Mas, cara, queria muito ganhar dele naquele momento.

Eu estava conseguindo tomar a dianteira. Ele estava a uns dois passos de distância. A areia estava ficando mais úmida e mais sólida. Eu podia vencer essa corrida, e não seria difícil. Meus pés estavam quase na beira da água agora...

Até que Noah passou por mim em disparada e girou para ficar de frente para mim na água, com um sorriso torto gigantesco e a água ao redor dos seus tornozelos. Eu parei de correr na beirada da água, embasbacada demais por ter perdido a corrida no último segundo.

— Assim não vale — falei, emburrada.

Ele riu com uma expressão cética. — Eu ganhei sem trapacear, e foi justo, Shelly — disse ele, me provocando. — Agora, você me deve.

Avancei um ou dois passos, estremecendo momentaneamente com a água congelante que começava a encobrir meus pés. — Ah, mas nós não chegamos a concordar sobre o prêmio da aposta...

Ele bufou, mas ainda com o sorriso torto no rosto. — Nós dois sabemos que você perdeu e que vai ter que pagar essa aposta. É como se houvesse um contrato de pagamento com o seu nome — provocou ele. — Mesmo que a gente já soubesse que você ia perder; isso nem chegou a ser uma corrida de verdade.

— Eu *quase* ganhei.

— É claro — disse ele, de uma maneira que me fez começar a imaginar se ele teria me deixado passar na frente e pensar que eu poderia ganhar.

Senti uma careta começando a se formar na testa, mas me esforcei para suavizar minha expressão e olhar para ele com um sorriso curto, na intenção de flertar, aproximando-me até que restasse um espaço de poucos centímetros entre nós, deslizando os meus braços por cima de seus ombros.

Vi que a sobrancelha dele se ergueu com um movimento bem discreto, esperando que eu o beijasse, e aquele sorriso torto e arrogante se formou em seu rosto outra vez. Fiquei na ponta dos pés para poder alcançá-lo, me inclinando devagar para beijá-lo...

E o empurrei para trás com toda a força.

Só funcionou porque consegui pegá-lo totalmente desprevenido. Ainda assim, foi como se eu estivesse empurrando um muro de tijolos — um muro com uma bela barriga tanquinho, preciso admitir — mas os olhos de Noah se arregalaram e a sua boca formou um pequeno círculo quando ele tombou para trás, perdendo o equilíbrio com aquela reviravolta totalmente inesperada.

Ele caiu com um *splash* enorme!

A água fria o encharcou completamente e eu me encolhi, soltando um gritinho, quando ela me acertou e me deixou toda molhada e gelada também.

Noah piscou os olhos, sem conseguir acreditar no que tinha acontecido. E foi então que um sorriso selvagem tomou conta do seu rosto e ele começou a se levantar da areia, vindo para cima de mim.

— Ah, não! — eu ri, levantando as mãos e negando com a cabeça. As gotas de água que estavam nas pontas úmidas do meu cabelo começaram a se espalhar. — Não!

Fiz a única coisa em que consegui pensar naquele momento: recuei alguns passos e comecei a correr ao redor dele, abrindo caminho aos trancos e barrancos pela água que chegava até a altura dos meus joelhos.

Eu sabia que aquele era um esforço inútil, assim como sabia que provavelmente perderia aquela corrida que apostei com Noah.

Ele me agarrou por trás, fechando os braços ao redor da minha cintura e me ergueu no ar. Gargalhando com tanta força que quase chegava a berrar, eu me debatia de um lado para outro descontroladamente. — Noah! Noah, pare com isso! Me coloque no chão!

— Já que você está insistindo...

— NÃOOOOO! — eu gritei, e ele se jogou junto comigo, sem me soltar, para o lado, onde caímos na água rasa. Mas ainda assim ele fez com que eu caísse por cima do corpo dele para não me esmagar. Não que isso me impedisse de ficar totalmente ensopada. Meus cabelos caíram por cima da minha testa como uma cortina escura e gotejante, escondendo meu rosto. Eu ri, e ele sorriu de volta. Na verdade, o sorriso era um daqueles tortos, mas os cantos dos seus olhos se enrugaram um pouco e a covinha na sua bochecha chegou a aparecer.

— Amo você — falei, em voz baixa, enquanto as ondas arrebentavam ao redor das nossas pernas entrelaçadas.

Ele me olhou por um momento antes de colocar a mão no meu pescoço e puxar meu rosto para me beijar. Provavelmente aquela cena era meio brusca e indecente demais para uma praia pública às onze horas da manhã, mas eu imagino que nenhum de nós chegou a pensar na questão. Pelo menos não estava tão movimentada naquele lugar onde estávamos.

— Você ainda me deve, porque ganhei a corrida — murmurou Noah, antes de me puxar para outro beijo.

— Ah, é mesmo? — Os meus lábios se moviam esfregando nos dele, e minha voz estava abafada. — E como você sabe disso?

— Uma por perder nossa corrida, e outra por me empurrar nessa água gelada. E acho que você só pagou metade da dívida.

Ri daquela frase. — Bem, então vamos ter que dar um jeito de fazer um acordo, não é?

Ele começou a rir e me puxou para outro beijo, um beijo que ainda fez com que eu sentisse faíscas correndo pelo meu corpo e me deu a sensação de que havia fogos de artifício explodindo dentro de mim.

6

ANTES DE RACHEL CHEGAR, O JANTAR SEMPRE HAVIA SIDO UM EVENTO tranquilo e, até então, nada constrangedor. Às vezes, eu até chegava a flertar um pouco com Noah, mas isso era o máximo que acontecia. Não era tão diferente dos jantares dos outros anos, na verdade.

Entretanto, naquela primeira noite com Rachel na casa, foi como se alguma mudança no clima tivesse ocorrido de repente. Rachel e eu estávamos tentando encaixar nossos reflexos no espelho do banheiro para arrumar os cabelos e a maquiagem. Coloquei o vestidinho amarelo que acabei comprando quando saí para fazer compras com Rachel e algumas das outras garotas na semana passada e completei o *look* com alguns acessórios dourados.

Simplesmente tive a sensação de que havia algo diferente no jantar aquela noite. Especialmente porque, pelo menos desta vez, eu estava me arrumando mais para sair, e em parte porque os garotos estavam um pouco mais elegantes, deixando de lado a combinação habitual de bermuda e camiseta que usavam o tempo todo. Mas havia também aquela sensação no meu estômago, igual à que senti na primeira noite — como se não fôssemos somente Lee e eu, mais a família dele. Era como se fôssemos Noah, o meu namorado, a família dele e eu.

Meus temores foram confirmados assim que entramos na churrascaria, depois de passarmos pelo estacionamento: Noah passou o braço ao redor dos meus ombros. Lee e Rachel estavam de mãos dadas — é claro que andariam assim —, mas era esquisito agir desse jeito, como um casal com Noah, bem na frente dos pais dele.

Quando nos sentamos, fiquei ao lado de Rachel; os rapazes ficaram na nossa frente, do outro lado da mesa. Os pais ficaram no lado da mesa mais próximo de Lee e Rachel, pelo menos, e foram eles que tiveram que aguentar a maior parte das conversas. No fim, acabei me sentindo um pouco aliviada, na verdade.

O desconforto inicial não era por eu nunca ter passado por essa situação com Noah antes. Era pelo fato de eu nunca ter passado por qualquer coisa do tipo antes, pura e simplesmente.

Nunca ter tido um namorado antes de Noah significava que eu nunca havia passado por todo o martírio da "apresentação aos pais". E essa situação em especial nem mesmo chegava a ser normal. Eu já conhecia os pais dele, e tanto Matthew quanto June eram como um casal de tios queridos para mim. Como eu deveria agir quando estivesse diante deles?

Ao mesmo tempo, eu estava feliz por Rachel e Lee estarem entre nós.

Mesmo depois que nos sentamos, as coisas continuavam diferentes. A perna de Noah estava encostada na minha embaixo da mesa, e de vez em quando ele fazia alguma coisa como afastar uma mecha de cabelo do meu rosto ou deslizar os dedos pelo dorso da minha mão. Mesmo quando a comida chegou e a conversa acabou diminuindo, houve momentos em que eu ainda erguia os olhos porque sentia que ele estava me observando — e ele sempre tinha aquela expressão carinhosa e intensa em seus olhos azuis e brilhantes. Eu voltava a encarar o meu prato, espetando a comida com o garfo e fazendo-a dançar, tentando não ficar vermelha.

Tudo estava indo muito bem. Pelo menos até a hora em que pedimos as sobremesas.

— Ah, tem uma coisa! — disse Rachel, de repente. — Eu não cheguei a lhe dar os parabéns por ter passado em Harvard, Flynn. Isso é fantástico!

Noah se mexeu na cadeira com um movimento muito discreto. Só notei porque senti sua perna se mover contra a minha, mas realmente foi algo quase imperceptível. — Obrigado. Vamos viajar para conhecer o *campus* daqui a uns dias.

— Você não tem um primo que trabalhava em Harvard? — perguntou Lee.

Rachel fez que sim com a cabeça. — Tenho! Ele adorava aquele lugar. Trabalhou em um dos alojamentos durante um tempo, e disse que todo mundo era muito legal por lá, e o *campus* era um lugar bem tranquilo.

Noah concordou com um aceno de cabeça. Era o aceno indiferente e desinteressado tão típico de Flynn, e eu o acertei com o meu pé por baixo da mesa.

Aparentemente o pai de Noah também percebeu. — É uma oportunidade incrível — emendou Matthew. — Eu sei que San Diego é uma boa faculdade, mas... bem, não é nenhuma Harvard, não é?

— Exatamente — eu disse, apressadamente. — Você teria que ser maluco para deixar essa oportunidade escapar.

Noah simplesmente olhou para mim.

Dei uma olhada rápida na direção de Lee, conseguindo arrancar os olhos da expressão impenetrável de Noah. Meu melhor amigo abriu um sorriso de quem sacou o que estava acontecendo, e fez um sinal para mim com a cabeça, mostrando que entendia a razão pela qual eu havia dito aquilo. Desejei que Noah fosse tão fácil de decifrar quanto o seu irmão. Sabia que ele estava simplesmente esperando eu dizer: "Não vá, eu não quero que você vá. Fique aqui", mas eu não podia fazer uma coisa dessas. Queria... mas não podia.

— Bolo de limão? — disse o garçom, aparecendo subitamente com os braços cheios de pratos cuidadosamente equilibrados.

— Ah, esse é o meu — disse Rachel, erguendo discretamente a mão.

Meu olhar cruzou com o de Noah por acidente. Sua boca se retorceu como se ele não tivesse realmente certeza se devia ou não sorrir. Então, ele simplesmente contorceu os músculos do queixo e olhou para o outro lado. Não foi a primeira vez naquela noite que desejei que Noah fosse tão fácil de decifrar quanto Lee.

Mordi o lábio, imaginando se talvez fosse melhor não ter dito nada. Ou talvez eu devesse ter dito algo encorajador, como: "Vai ser ótimo, você tem que ir mesmo. Nós vamos dar um jeito". Mas agora eu já havia deixado passar tempo demais para dizer qualquer coisa, e o silêncio entre nós já estava alongado.

Não cheguei nem mesmo a pedir a sobremesa. Já estava satisfeita, mas adoraria ter algo com o qual pudesse me distrair agora. Simplesmente me sentia uma completa idiota, tendo que ficar sentada ali com aquela sensação de que havia algo errado no ar. Especialmente com Lee e Rachel conversando como se estivessem em seu próprio mundinho.

— Quer um pedaço? — Um garfo apareceu subitamente diante do meu rosto, com um pedaço de *cheesecake* espetado e uma cobertura deliciosa e pegajosa de framboesas ao redor.

Ergui os olhos, assustada, e levantei ligeiramente as sobrancelhas enquanto olhava para Noah, que me encarava com uma versão bem discreta daquele sorriso torto que lhe repuxava os cantos da boca, agindo como se tudo estivesse normal e ignorando o que restava da sensação desconfortável após a conversa sobre a faculdade. Senti minhas bochechas ficarem quentes, mas me inclinei para abocanhar a sobremesa.

Fiz um som de apreciação — como aquele que fazemos quando a comida é do tipo que derrete na boca, do tipo ah-meu-Deus-que-delícia, o que fez Noah abrir seu sorriso torto para mim. Engoli o *cheesecake* e tentei conter uma risada. Senti meus olhos se apertarem com o sorriso reprimido.

E foi então que Lee disse: — Eca, que nojo! — E explodi numa gargalhada, o que fez com que todo mundo ao redor da mesa começasse a rir também. Por uns instantes, me esqueci da sensação de me retorcer por dentro ao pensar que Noah e eu poderíamos terminar o namoro dali a algumas semanas quando ele fosse embora, e do clima constrangedor que estava no ar antes... Simplesmente ri e sorri com os outros. Noah me olhava com aquela expressão intensa e um toque de alegria, como se estivesse se divertindo, além daquela qualidade diabólica no sorriso. Mesmo se eu tivesse apenas mais umas poucas semanas com ele, sabia que tinha sorte de poder viver essa experiência, ainda que apenas mais um pouco.

•••

ORGANIZEI ALGUMAS DAS MINHAS COISAS, COMO AS ROUPAS SUJAS e as sandálias que havia deixado jogadas pelo quarto. E Rachel estava retirando as últimas coisas que ainda restavam na sua mala do outro lado do quarto.

— E então? — perguntou ela, subitamente. — Ele vai embora ou não?

Eu não precisava perguntar do que ela estava falando. Simplesmente dei de ombros e disse: — Vai, sim. Não existe a menor possibilidade de que queira ficar.

— Eu ia perguntar se vocês já conversaram sobre tentar um namoro a distância, mas já sei o que você vai responder. — Balançando a cabeça, eu ri e disse "não", mas minha risada soou meio forçada.

Rachel olhou nos meus olhos e me encarou com um sorriso de solidariedade. — Às vezes a vida é um saco, não é?

— Nem me fale.

Ela riu. Ouvimos uma batida na porta do banheiro que nos assustou, e começamos a rir outra vez.

— Ei, garotas, vocês estão vestidas? — Lee falava com a voz baixa, que soava abafada do outro lado da porta. Era meio difícil ouvir o que ele dizia. Rolei até o outro lado da cama, esticando o braço para abrir a porta.

— Agora você está todo educadinho só porque sua namorada está aqui?!

Lee simplesmente sorriu. — Mas você sabe que não conta exatamente como uma garota para mim, Shelly.

Levantei uma sobrancelha, mas Rachel falou antes que eu pudesse retrucar com uma resposta ácida ou engraçadinha. — O que houve? Você esqueceu alguma coisa aqui ou...?

— Ah, é mesmo. O motivo. Vamos trocar de quarto.

— Hein?! — dissemos nós duas, e trocamos um olhar confuso.

Quando voltei a olhar para Lee, ele simplesmente revirou os olhos. — Ei, é só você ir até o outro quarto e ficar lá por mais ou menos uma hora — disse ele, apontando para a porta por cima do ombro com o polegar. — Quero passar um tempo a sós com a minha namorada, se você não se importar.

Sorri para ele, tentando não rir. — Um banheiro que liga o quarto dos meninos com o quarto das meninas não é exatamente a melhor maneira de nos manter separados, eu acho.

— Ei, se ninguém souber disso, ninguém vai reclamar. Nós vamos desfazer a troca daqui a pouco. Agora, xô. Saia logo daqui. — Eu já estava saindo, e um sorriso começava a se formar em meu rosto. Lee gritou logo antes de eu desaparecer no banheiro: — Nada de safadezas, Shelly! Essas paredes são finas.

Bufei e ouvi quando Rachel questionou: — "Safadezas", Lee? Está falando sério?

Parei um pouco antes de entrar no quarto de Noah, lembrando que estava vestida com o meu pijama. Não me importava muito o fato de não estar maquiada — nos últimos dias eu nem havia me incomodado em passar maquiagem, já que estávamos aproveitando os dias para ir à praia. Mas o short cinza puído e a blusinha larga azul-marinho que mais parecia um saco de batatas ao redor do meu corpo não eram exatamente o tipo de traje no qual eu queria que o meu namorado me visse.

Eu me olhei no espelho por mais alguns momentos e acabei murmurando: — Ah, quer saber? Que se dane.

Mas, quando abri a porta para entrar no quarto de Noah, vi que não precisava nem ter me preocupado de ele pensar que eu estava horrível naquele pijama. O quarto estava quase completamente escuro, e eu mal conseguia enxergar a cama. Estendi a mão para a parede, encontrando-a alguns momentos depois, e comecei a andar cuidadosamente para frente, tateando a escuridão com o outro braço diante de mim.

— Noah? — sussurrei meio alto. Estava com medo de falar alto demais, caso fôssemos apanhados fazendo o que não devíamos.

— É "gato mia" — sussurrou ele em resposta, rindo baixinho. — E quando eu digo isso, você tem que dizer "miau". Você sabe como é a brincadeira.

Eu fiz uma careta discreta. — Você não podia ter deixado a luz acesa? Eu não consigo enx...

Meu pé ficou preso no colchão inflável que vinha servindo de cama para Lee. Eu caí, agitando os braços. Meu cotovelo acertou com força nos pés da cama de Noah e soltei um grunhido enquanto sentia todo o ar escapar dos pulmões. Houve uma longa pausa, como se nós dois estivéssemos esperando que alguém entrasse no quarto para perguntar o que tinha acontecido.

— Ai — balbuciei, com o rosto enfiado no colchão inflável.

— Você está bem? — sussurrou Noah, rindo discretamente. — Mas é uma desastrada mesmo.

— E você é um babaca mesmo. — Foi minha resposta. Ele riu outra vez e senti uma mão ao redor da minha cintura, mais um braço pressionado contra as minhas costas. A mão de Noah encontrou a minha e consegui me levantar sem despencar no chão outra vez.

— Quer dizer que a senhorita está andando por aí escondida, não é? — disse ele, fingindo me dar uma bronca. Aquele hálito quente de hortelã fez cócegas em meu rosto. Ri baixinho e me aproximei para beijá-lo, mas errei o alvo e acabei encostando os lábios no queixo de Noah. Ele riu, mas logo depois beijou a lateral do meu nariz.

Mordi o lábio para sufocar uma risada e Noah recuou um passo, puxando-me para junto dele, até estarmos os dois sentados na cama.

— Como é que você sempre dá um jeito de tropeçar e cair no chão, Elle? — disse ele, brincando com as pontas dos meus cabelos. Meus olhos, àquela altura, já tinham se acostumado com a escuridão, e eu conseguia ver os contornos do rosto de Noah, que parecia estar sorrindo. Não era aquele sorriso torto habitual, mas o sorriso que mostrava a covinha em sua bochecha.

Respondi, dando de ombros: — É só você me chamar de donzela em perigo.

Ele riu e encostou a testa na minha. — Você é toda romântica.

— E isso é ruim?

— Hmmm, talvez seja. Mas não quando é você. Quando é você, eu acho uma graça.

— Ah — eu ri, e subitamente senti os lábios dele pressionados contra os meus, encontrando o alvo desta vez, enquanto eu apertava os braços ao redor de seus ombros, tentando puxá-lo para mais perto. Senti seus braços ao redor do meu corpo também, puxando-me para ele, até que estávamos deitados de lado, um de frente para o outro e com as pernas entrelaçadas instintivamente, como se tivessem vida própria.

— Seus pés estão gelados — comentou ele.

— Talvez os seus é que estejam quentes demais.

— Não, são os seus, mesmo. — Ri outra vez quando ele falou isso, tentando não fazer barulho. E então, com aquele tom de voz sinistro que indicava que queria falar sobre algum assunto sério, ele disse: — Elle...

Tive a sensação de que sabia qual era o assunto sobre o qual conversaríamos. Parte de mim esperava que estivesse certa, porque realmente precisávamos conversar sobre aquilo, tentar decidir o que faríamos, mas o restante queria que fosse sobre alguma outra coisa. Havia muitas coisas que ele poderia dizer que partiriam meu coração.

— O que foi? — sussurrei em resposta após algum tempo.

— O que... o que é que nós *vamos* fazer? Quando eu for para... a faculdade?

Foi aquele breve momento de hesitação que me deu toda a certeza: ele ia dizer "Harvard", eu sabia. Noah já sabia que iria para lá. Visitar o *campus* era somente uma formalidade, nada além disso.

Ele estava esperando que eu respondesse à sua pergunta. Embora estivesse suficientemente escuro para que ele não conseguisse ver meu rosto, tentei recompor a minha expressão. Dei de ombros enquanto ainda estava envolvida pelo abraço dele.

— Não sei. Eu não quero que você vá... — Mordi a língua por um instante depois de dizer aquilo. — Vou sentir saudades. Mas você tem que ir.

Desta vez foi Noah que ficou em silêncio por um tempo. — Talvez. Mas isso não resolve as coisas para *nós*.

Essa era minha oportunidade de perguntar a ele, de dizer que poderíamos pelo menos tentar um namoro a distância. Mas eu tinha muito medo de que ele não quisesse aquilo, e isso acabaria estragando o pouco tempo que ainda tínhamos juntos...

Mas antes de eu decidir realmente o que diria, minha boca já estava trabalhando e deixando as palavras escaparem: — Podemos tentar um namoro a distância. Pelo menos tentar...

Fechei a boca com força antes de acabar dizendo alguma coisa realmente idiota, como "a menos que você queira terminar o namoro".

Por sorte, Noah não pareceu perceber que minha mente estava tomada por um pânico além do que se poderia considerar normal, e ele deu de ombros.

— Não sei... sabe, eu até quero, eu acho... mas, ao mesmo tempo, acho que talvez a gente não devesse...

Ah, que maravilha. Agora você conseguiu mesmo estragar tudo, Rochelle. Agora ele vai dizer que não quer um namoro a distância porque vocês dois têm que deixar isso para trás, e ele pode acabar conhecendo outras garotas na faculdade e...

— É que... eu sinto como se tivesse que deixar você... namorar com outros garotos e simplesmente ser uma adolescente, sem ter que esperar até que eu volte para os feriados de Dia de Ação de Graças e Natal. Não é justo para você eu estar do outro lado do país, lá em Massachusetts.

Meu coração parou por um instante.

Noah estava mais preocupado com o fato de eu ter que esperar até ele voltar para casa do que com a possibilidade de acabar conhecendo alguém que fosse mais bonita, mais inteligente e, em geral, melhor do que eu?

— Eu sei que é estranho eu falar uma coisa dessas — Noah disse meio contrariado. Ele detestava esse tipo de conversa. — Considerando que eu sempre fui superprotetor em relação a você estar com outros garotos e coisa e tal. Mas... não é justo com você.

Todos os contras que existiam em tentar um namoro a distância começaram a passar pela minha cabeça, e eu podia apostar que Noah estava pensando neles também: nós raramente teríamos a oportunidade de nos ver, poderíamos conhecer outras pessoas, estaríamos em lados opostos do país, havia também a diferença de fuso horário...

Mas eu o amava.

Em voz alta, eu disse: — Sim, mas...

— Pois é, eu sei. *Mas.*

Por alguns minutos, nenhum de nós disse nada. O polegar de Noah estava traçando círculos na lateral do meu corpo, bem no lugar onde sua mão estava pousada.

Após algum tempo, acabei quebrando o silêncio do quarto, dizendo: — Ah, deixe isso para lá. Vamos... pensar nisso quando realmente chegar a hora, no fim do verão. Está bem? Por enquanto, vamos somente nos divertir como adolescentes. E quando setembro chegar, podemos pensar nessa questão.

Noah ficou em silêncio por alguns segundos, mas depois começou a rir baixinho. Senti aquela risada ressoar em seu peito. — E eu achando que você era uma romântica incorrigível, Elle.

Dei um tapa no braço dele. — Cale essa boca.

Noah simplesmente riu outra vez e deu um beijo na minha testa. Eu me aproximei ainda mais dele, sentindo seus braços se fecharem ao meu redor quase por reflexo. Embora estivesse totalmente acordada há poucos instantes, agora eu já começava a bocejar, e meus olhos repentinamente ficaram tão pesados que adormeci em poucos segundos. E quase nem me mexi quando Lee voltou para o quarto e Noah mandou que não fizesse barulho, antes de voltar a dormir profundamente outra vez.

7

O TEMPO SEMPRE PASSAVA DE UMA MANEIRA INACREDITAVELMENTE rápida quando estávamos na casa da praia.

Depois que já estávamos todos acordados na terça-feira de manhã, nós quatro decidimos ir a um lugar um pouco mais distante na praia, onde geralmente havia mais gente. Só para variar um pouco.

Eu geralmente detestava quando íamos àquele lugar. Sempre havia jogos de vôlei acontecendo por ali — e eu nunca tive a menor habilidade para jogar vôlei em toda a minha vida. Quase fui reprovada em educação física no segundo ano por causa do semestre que passamos jogando vôlei nas aulas.

E, é claro, Lee e Noah simplesmente amavam o esporte.

Também adoravam ficar olhando quando eu tentava jogar, especialmente quando eu levava alguma bolada na cara ou tropeçava e caía. Eles nunca me deixaram ficar fora de um jogo — toda vez que estávamos por ali, os dois me arrastavam para dentro da quadra. As pessoas que tinham o azar de poder contar com a minha participação em seu time não se importavam muito, achavam minhas tentativas desastradas de tentar jogar tão engraçadas quanto Lee e Noah.

Fiquei imensamente grata pela companhia de Rachel naquele dia.

— Você vai jogar? — Lee perguntou a ela.

— Ah... talvez mais tarde. Acho que vou ficar só olhando por enquanto.

Lee deu de ombros. — Tudo bem, você é quem sabe. Elle, você vai jogar?

— Não! Vou ficar aqui com a Rachel! — Agarrei seu braço com força, puxando-a para junto de mim e fazendo os três rirem.

Enquanto estendíamos nossas toalhas e nos acomodávamos para dar uma boa olhada no jogo, ela disse: — E então, você continua não gostando de vôlei?

— O quê?

— O segundo ano, não lembra? Eu fazia educação física com você.

— É mesmo? — Pensando bem, eu quase não me lembrava de muitos detalhes da época. — Desculpe. Acho que acabei bloqueando todas as lembranças da aula de educação física daquele ano. Bem... não, eu ainda odeio vôlei. E você?

— Não é o meu esporte favorito. É simplesmente mais um entre os que eu não gosto.

Concordando com um aceno de cabeça, coloquei os óculos de sol no rosto, acomodando-me confortavelmente sobre a toalha. Rachel estava deitada de bruços folheando uma revista, mas ocasionalmente dava uma olhada no jogo. O vôlei não era tão ruim de assistir quando estávamos fora da quadra, somente olhando... E, além disso, Noah parecia ainda mais sexy que o habitual, algo que eu nunca havia percebido antes. Especialmente com aquela fina camada de suor em seus ombros largos, os cabelos escuros caindo por cima dos olhos, aquela barriga desenhada...

Houve um momento em que ele olhou para mim quando eu o observava por trás dos meus óculos de sol de plástico vermelhos comprados naquele posto de gasolina (que não eram escuros o bastante para esconder o fato de que eu o olhava fixamente), e percebeu que eu estava lhe dando uma bela secada. Piscou o olho para mim.

— Ah, meu Deus, você viu aquilo? — uma garota, de repente, soltou um gritinho logo atrás de mim. — Ele acabou de piscar para mim, não foi? Ah, é óbvio que sim, tenho certeza. Ele realmente piscou para mim!

Olhei para Rachel, que havia virado o rosto para trás para olhar para a garota de voz estridente. Ela ergueu as sobrancelhas quando olhou para mim em seguida.

— Você devia ir pegar o número do celular dele depois do jogo — disse outra garota. As sobrancelhas de Rachel se ergueram ainda mais. — Você tem que fazer isso. Ele estava realmente dando em cima de você.

Virei para trás e as duas garotas me olharam. Pareciam ter pelo menos uns dois anos a mais que eu, e provavelmente já estavam na faculdade. Aquela que havia começado a falar sobre a piscada de Noah tinha os cabelos descoloridos com água oxigenada, e as raízes estavam bem aparentes. Ela disse com sua voz alta e esganiçada: — O que foi?

— Ele não estava piscando para você. Só para lhe informar.

A loira falsa bufou. — Ah, é claro. Só falta você me dizer que ele estava piscando para você. — Ela me olhou da cabeça aos pés com o canto do lábio retorcido para cima.

— Hmmm... estava, sim — respondi.

— Ah, é claro — riu a amiga de um jeito debochado. — Ele estava olhando para você.

— Bem — Rachel disse —, considerando que ela é a namorada dele, eu diria que aquele cara grandão definitivamente não estava olhando para você.

Em seguida, de uma forma casual, como se nada tivesse acontecido, ela voltou a se ocupar com a revista que estava lendo.

As duas garotas se entreolharam, e depois olharam para Rachel e para mim.

A segunda garota jogou o cabelo para trás e soltou uma risada forçada. — Ah, deixe isso para lá. Mô, estou com sede. Vamos tomar um refrigerante?

Eu me virei de volta para o jogo de vôlei e me aproximei de Rachel.

— Quem diria que você tinha um lado tão ácido, Miss Simpatia? — disse sem qualquer ironia.

Ela mordeu o lábio, e seu rosto se retorceu em uma careta. — Bem, ela não estava sendo muito gentil... nenhuma das duas estava! Elas eram tão... *argh*, nem sei o que dizer. Elas que se danem.

Eu ri. Para alguém que geralmente era tão alegre e amigável, eu havia me esquecido de que Rachel sabia ser bem ácida com pessoas de quem não gostava. Ficamos deitadas sob o sol, conversando sobre todo tipo de assunto, até que os garotos terminaram de jogar e se deitaram na areia ao nosso lado, perguntando se já queríamos voltar para casa para almoçar.

— Mas será que vocês dois só pensam em comida? — suspirei para Lee.

— Ah... bom, acho que sim. Mas, pelo lado positivo, eu sei jogar vôlei. Diferentemente de certas pessoas que conheço.

Revirei os olhos ao ouvir aquilo, mas não consegui conter uma risada. — Ainda são só umas onze horas. Está cedo demais para almoçar.

— Ah... — disse ele, lentamente. E foi então que uma ideia brilhante deve ter surgido em sua cabeça, porque ele abriu um sorriso enorme. — Hora do *brunch*, então!

...

A QUARTA-FEIRA PASSOU QUASE DO MESMO JEITO QUE A TERÇA. Fomos à praia, nadamos, ficamos deitados na areia sem fazer nada de especial... foi ótimo, não me entenda mal; o problema era que o tempo estava passando rápido demais.

Na noite de quarta, Lee levou Rachel ao cinema e depois os dois saíram para jantar. Havia também uma nova exposição sendo inaugurada em uma galeria de arte na cidade, que ficava a meia hora da casa da praia, e Matthew e June foram para lá. Lee e Rachel saíram para pegar a sessão das cinco e quarenta no cinema e, como a galeria iria abrir às seis e meia, os pais de Noah também haviam saído bem cedo.

Continuei na piscina, nadando de um lado para outro, de um lado para outro, de um lado para outro, por um bom tempo depois que Noah havia entrado e todos os outros haviam saído. Quando finalmente saí, com os músculos doendo daquela maneira agradável que acontece depois de uma boa sessão de exercícios, entrei na cozinha, ainda respingando, com a toalha enrolada ao redor do corpo.

— O que você está fazendo?

Noah estava perdido entre picar legumes e mexer alguma coisa em uma frigideira, tentando fazer as duas coisas ao mesmo tempo.

— Cozinhando — disse ele. — Ou tentando, pelo menos. O que parece que estou fazendo? Escrevendo um poema?

Simplesmente dei de ombros, mas antes que conseguisse perguntar o que ele estava cozinhando, Noah continuou: — Pensei em ir buscar algo para comer, mas não seria a mesma coisa. E não sobrou nenhum carro para que eu levasse você para jantar em algum lugar. Então você vai ter que aguentar minha comida, caso eu acabe queimando o jantar.

Eu comecei a rir. — Mas você não precisa...

— Eu disse que tinha planos para nós — comentou ele. — *Et voilà*. Agora vá tomar um banho e o que mais precisar. Daqui a meia hora deve estar tudo pronto. Eu acho.

— Tente não cortar o dedo fora com essa faca. — Foi a única coisa que consegui pensar em dizer a caminho do banheiro. Nunca tinha visto Noah cozinhar antes. Eu até imaginava que ele devia fazer a própria comida quando estava sozinho em casa, mas era muito meigo perceber que ele estava se esforçando para preparar uma refeição para nós dois. Resolvi que o jantar poderia estar até mesmo torrado como carvão, e mesmo assim eu comeria tudo — simplesmente porque era tão adorável vê-lo tendo todo esse trabalho.

Juro que nunca tomei um banho e me vesti tão rápido em toda a minha vida.

Eu não fazia ideia do que poderia vestir. Meu único vestido bonito, aquele amarelo, estava no cesto de roupa suja. Eu tinha shorts e camisetas, é claro, mas nada que eu realmente quisesse usar para um encontro romântico...

Perdida, não tive escolha a não ser ligar para Rachel, na segurança do banheiro.

— Você tem muita sorte — disse ela quando atendeu. — Eu vim para o banheiro e estava voltando para a sala do cinema. O que houve?

— Noah está fazendo o jantar, e descobri que não tenho nada para vestir.

Tudo que eu queria era escutar algum conselho ou que ela me dissesse qual a melhor combinação que eu poderia fazer para me vestir adequadamente, já que ela conhecia praticamente todo o guarda-roupa que eu tinha trazido para a praia.

O que eu não esperava era que ela dissesse: — O vestido branco de frente única no meu lado do armário. Combine ele com aquela sandália preta fofa que você trouxe. Ah, tenho que ir agora, o cara do balcão da pipoca está me olhando com cara feia. Tchau!

— Fico te devendo essa — eu disse, mas ela já tinha desligado o telefone. Correndo, encontrei o vestido que ela havia descrito. Não tinha tempo suficiente para fazer muita coisa com meu cabelo, então simplesmente prendi num rabo de cavalo. Mesmo assim, quando me olhei no espelho, sorri, tendo a impressão de que estava com uma aparência ótima, especialmente se considerasse que só tive meia hora para me arrumar.

Parei na entrada da cozinha, respirando fundo e sorrindo para mim mesma. Quando inspirei, consegui sentir o cheiro daquilo que Noah havia preparado — seja o que fosse, o aroma era delicioso... mesmo que estivesse um pouco queimado.

A luz da cozinha estava apagada, mas a luz suave do lado de fora da casa desenhou a silhueta de Noah contra a porta de vidro. Ainda sorrindo, fui até lá, mas fiquei parada sob o vão da porta.

— Não ficou tão queimado — disse ele, olhando para mim. — Eu juro!

Ri quando ele disse aquilo. — Eu não falei nada!

Ele havia trocado de roupa desde que havia passado por ele antes. Agora, Noah estava com um jeans preto e uma camisa cinza que ficava justa ao redor dos seus bíceps. Até mesmo seus cabelos escuros, que normalmente viviam bagunçados, agora estavam um pouco mais domados do que o habitual; ele havia passado um pente na cabeça, pelo menos. Até me apanhei pensando que achava que ele ficava mais bonito com a cabeleira desgrenhada, quase lhe cobrindo os olhos; parecia mais despreocupado quando estava despenteado. Mas, é claro, ele estava tão atraente quanto sempre esteve.

— Mas você pensou isso, eu sei — disse ele. — A comida está cheirando a queimado, também. Mas não dá para ver por causa do molho, pelo menos.

Eu ri outra vez. — Quem diria que o *bad boy* Flynn teria o dom para *chef*?

Ele piscou, e aquele sorriso torto começou a se abrir em seu rosto. — Eu sou um homem com muitos talentos, Elle. O que posso fazer?

— Não comece a ficar arrogante demais.

— Sim, acho que você tem razão. Posso nos causar uma intoxicação alimentar.

— Era exatamente nisso que eu estava pensando — disse em tom de brincadeira, e dei a volta ao redor dele para me sentar. Noah desapareceu pela porta da cozinha, e aproveitei a oportunidade para dar uma olhada na comida. Estava com uma aparência boa... ou melhor, uma aparência deliciosa, e o cheiro era fantástico. Era uma espécie de caçarola de frango com legumes com um molho grosso e avermelhado.

Noah voltou com dois copos de limonada cor-de-rosa.

— Limonada cor-de-rosa?! — exclamei, ficando boquiaberta. — Achei que a sua mãe tivesse dito que não vendiam mais essa limonada no supermercado daqui!

Noah riu. — Ah, eu a escondi. Não acredito que você ainda gosta desse troço. Tem um gosto muito esquisito.

— Não tem, não! — protestei. Durante toda a minha vida, eu só tomei limonada cor-de-rosa na casa da praia. O supermercado daquela região vendia uma marca local, e eu nunca havia tomado nada melhor. Lee e eu encontramos alguns pacotes em nossa cidade há alguns anos, mas o sabor não era o mesmo. Era quase como se a limonada cor-de-rosa só fosse gostosa quando estávamos na casa da praia.

Ele sorriu e colocou os copos sobre a mesa antes de se sentar. — Está bem, hora de atacar a comida.

— Eu achava que você tinha dito que ela ia nos dar uma intoxicação alimentar — eu disse, brincando.

— Ah, você vai sobreviver.

Mesmo se acabássemos contraindo uma infecção alimentar, valeria muito a pena.

— Tem certeza de que você vai estudar engenharia da computação? — perguntei. — Você deveria virar cozinheiro. Isso aqui está uma delícia.

Ele riu quando eu disse aquilo. Não foi aquela risada debochada habitual, mas uma gargalhada sincera. — Claro. Se você diz.

Tudo aquilo passou em um borrão enevoado. A única coisa da qual eu tinha certeza era que estava me divertindo muito, rindo bastante, como se estivesse com um humor ótimo e constante.

Noah foi à cozinha pegar a sobremesa — ele não me deixou fazer nada, nem mesmo colocar meu prato na pia. Quando voltou, trouxe duas tigelas de sorvete com morangos.

— Isso aqui veio do *Walmart*. Não fui eu que fiz.

Revirando os olhos, ri outra vez. — Já imaginava.

Depois que terminamos a sobremesa, fiquei sentada no balcão da cozinha enquanto Noah colocava nossos pratos na pia. E foi então que ele disse, já saindo pela porta dos fundos: — Venha comigo.

Saltando de cima do balcão, eu o segui e caminhamos pela trilha familiar de terra batida que já conhecíamos há tantos anos (e ainda bem que era assim, pois já estava bem escuro àquela hora), com os braços roçando um no outro. Em algum momento, nossos dedos acabaram se entrelaçando também. De mãos dadas, fomos caminhamos até a praia.

O céu estava escuro. As nuvens vinham se amontoando desde o início da tarde para encobrir o céu, transformando-o numa superfície negra e sem estrelas com a água tão escura quanto, as únicas partes brancas eram a espuma das ondas que arrebentavam na beira da praia. Nem eu nem Noah dissemos coisa alguma enquanto andávamos até a parte úmida da areia, caminhando onde o mar arrebentava e encobria nossos pés. Eu estava carregando as sandálias na outra mão, penduradas na ponta do meu dedo. Noah estava levando os chinelos nas mãos também, e havia dobrado para cima a barra do seu jeans.

Enquanto caminhávamos pela praia, ficamos totalmente em silêncio, sem dizer uma palavra.

E foi muito bom. Simplesmente aproveitar o silêncio. O único som era a arrebentação das ondas. Não conseguíamos nem mesmo ouvir o trânsito ao longe. Claro, ocasionalmente escutávamos o latido de algum cachorro, e avistamos algumas outras pessoas dando um passeio noturno pela praia como nós.

Ainda assim, eu gostava.

Geralmente, Noah e eu conversávamos sobre todo tipo de coisa. Com certa frequência também acabávamos tendo alguma discussão sobre algo bobo e trivial. Eu até me sentia feliz, de um jeito meio esquisito, por ainda discutirmos daquele jeito. Esse tipo de discussão branda sempre fez parte do nosso relacionamento e das nossas personalidades conflitantes, e eu imaginava que sempre seria assim. Mas realmente adorava o fato de que era capaz de conversar com ele com tanta facilidade agora. Não sentia que precisava forçar uma conversa.

E, nas raras vezes em que momentos como este aconteciam — quando não tínhamos sobre o que conversar, ou quando não estávamos a fim de falar —, esses silêncios não eram carregados de ansiedade ou constrangimento, como acontecia algumas vezes antes de estarmos juntos. Eram simplesmente... agradáveis.

Ouvi um ruído grave no céu.

Olhei para cima, esticando o pescoço para trás.

— Provavelmente não vai dar em nada — disse Noah, referindo-se ao trovão.

Andamos mais um pouco antes de eu decidir falar.

— Obrigada. Por fazer tudo isso. — Minha voz soou de um jeito estranhamente alto, embora eu estivesse falando baixo.

— Tudo que estamos fazendo é caminhar pela praia.

— Não, não. Estou falando de você ter feito o jantar. Obrigada.

— Por nada — disse Noah, e ouvi o sorriso em sua voz, mais do que o vi em seu rosto. — Eu até que estou curtindo fazer todas essas coisas de casal com você.

Ri um pouco. E logo em seguida, senti uma coisa fria e molhada cair no meu nariz antes que eu tivesse a chance de dizer alguma coisa em resposta. Outra coisa fria e molhada caiu na minha têmpora, escorrendo ao lado do meu olho. Esticando a cabeça para trás, olhei para cima quase ao mesmo tempo que Noah.

E então aquelas nuvens revoltas e ameaçadoras simplesmente se abriram de uma vez, e um temporal começou a nos castigar de repente. Soltei um gritinho de surpresa, e Noah já estava correndo em busca de algum abrigo, puxando minha mão para que eu não ficasse para trás e avançando tão rápido que eu não parava de tropeçar nos meus próprios pés. A areia que levantávamos com os nossos passos grudava nas minhas pernas, e o meu rabo de cavalo estava se soltando.

A chuva caía em pingos grossos e pesados, me encharcando até os ossos. Meu cabelo estava grudado ao redor do pescoço, e mechas soltas caíram sobre o meu rosto. Minha máscara de cílios já havia escorrido e se amontoado, me deixando meio cega, o que não ajudava muito quando eu tentava enxergar alguma coisa através da chuva.

De repente, Noah me puxou para baixo do pequeno teto recurvo de uma velha cabana de madeira. O lugar costumava ser uma loja de aluguel de pranchas e equipamentos para surfe, até ir à falência quando tínhamos uns dez anos de idade. Agora as janelas estavam cobertas com tapumes e a estrutura de madeira rangia e estalava com a chuva. Um som estranho, muito parecido com um tamborilado suave, me fez olhar para baixo por uma fração de segundo, o suficiente para ver um siri minúsculo fugindo de nós.

Noah e eu estávamos respirando ofegantes e completamente encharcados. A chuva não nos castigava tanto naquele lugar, com exceção de uma ou outra rajada ocasional de vento que fazia a água voar quase na horizontal. Se tivéssemos sorte, ela daria uma trégua por tempo suficiente para corrermos de volta para casa. Mas o teto sob o qual estávamos só cobria cerca de meio metro para além da loja. Noah estava praticamente me prensando contra a parede fina e áspera do lugar.

Senti uma vontade súbita de rir. A sensação passou por mim como uma onda. Senti o riso borbulhar e subir por dentro de mim, chegando bem na ponta da minha língua, querendo esticar os músculos do meu rosto para abri-los em um sorriso gigantesco.

Não havia nada que fosse realmente engraçado naquela situação — estávamos presos debaixo daquela tempestade, a pelo menos vinte minutos de caminhada da casa, e parecia que a chuva não ia diminuir tão cedo... E também havia o fato de que eu achava que estava com algumas farpas da madeira do piso daquela cabana enfiadas nos pés.

Mas, quando tirei os olhos do peito de Noah, que subia e descia num ritmo mais lento que o meu (eu ainda estava sem fôlego) e olhei para o seu rosto... simplesmente não consegui evitar. Comecei a rir.

Ele inclinou a cabeça, com o canto dos lábios se erguendo e trazendo os indícios de seu sorriso torto. — Aconteceu algo engraçado?

Eu dei de ombros e disse, ainda rindo: — Não sei.

Rindo também, embora de maneira mais contida, Noah ergueu a mão e esfregou os polegares embaixo dos meus olhos. — Você está parecendo um panda.

— Nossa, obrigada... — Mas ele provavelmente tinha razão, e isso só serviu para me fazer rir ainda mais.

Eu só consegui me controlar depois de uns trinta segundos, com os restos de um sorriso ainda no rosto, quando percebi que Noah estava olhando bem nos meus olhos. Por mais piegas que possa parecer, eu me senti quase hipnotizada pelos olhos dele. Eram olhos que tinham um tom incrivelmente forte e transparente de azul, e ainda muito intensos. Aqueles olhos faziam com que eu me sentisse literalmente com as pernas bambas — a menos que eu estivesse subitamente sofrendo de hipotermia por causa da chuva. Tudo nele era perfeito aos meus olhos, desde o jeito que me olhava naquele momento até nossa diferença de altura... E até mesmo o seu nariz torto.

Noah abriu a boca para dizer algo, mas voltou a fechá-la, como se quisesse dizer alguma coisa, mas tivesse pensado melhor a respeito, enquanto acariciava minha bochecha com o polegar. Antes que eu pudesse perguntar o que ele ia dizer, pensando que talvez fosse algo que o próprio classificaria como "porcaria sentimental", ele pressionou com força os lábios contra os meus, enfiando os dedos pelos meus cabelos.

Eu sentia o corpo inteiro tremer e vibrar — e não somente porque os beijos dele realmente faziam meus joelhos fraquejarem, mas também por causa do frio e porque minhas roupas ainda estavam pingando depois de toda chuva que tomamos. E meus pés doíam, arranhados e machucados depois de correr pela areia, pisar nas conchas e rasparem nas tábuas gastas e ásperas do piso daquela cabana — mas eu não estava ligando nem um pouco para nada disso.

Se Noah já estava me esmagando contra a parede da antiga loja de surfe, agora, com esses beijos, estávamos ainda mais próximos.

— Ai! — eu disse, pulando e mordendo o lábio de Noah (com força) quando alguma coisa acertou minhas costas. O abraço de Noah ao meu redor afrouxou o suficiente para que eu conseguisse virar a cabeça e ver que uma ripa denteada de madeira havia se quebrado e estava começando a se soltar da parede.

— Ai! — retrucou ele, com uma risada baixa e discreta, levando o dedo até os lábios. — Virou adepta do amor selvagem, Elle?

Ignorei o comentário. — Que horas são?

Ele contorceu o braço, apertando os olhos para conseguir enxergar o mostrador do relógio. — Dez?

— Acho que é melhor a gente voltar — eu disse, mas Noah parecia não prestar atenção ao que eu dizia. Em vez disso, estava mais interessado em dar beijos por todo o meu rosto. — Eles vão chegar em casa logo, e vão começar a se perguntar onde estamos...

— Não podemos ir embora agora. Ainda está chovendo.

Olhei por cima do corpo alto e musculoso de Noah, apenas para ver com os meus próprios olhos que ele tinha razão.

— Enquanto isso... — disse ele, pressionando o nariz contra o meu enquanto eu sentia o seu hálito fazer cócegas no meu rosto. — Estou muito feliz em poder ficar aqui, aproveitando o tempo com a minha namorada.

Eu ri, forçando minha mão contra o seu peito sem muita convicção. Minha risada tinha um som estranho no meio de toda aquela chuva e das trovoadas, como se não combinasse muito bem com um tempo tão agitado. Noah afastou com os dedos os cabelos úmidos que estavam grudados no meu rosto e os colocou atrás da minha orelha, sorrindo para mim. Não era um sorriso tão grande, e a expressão estava mais concentrada em seus olhos do que nos lábios, mas isso só fez o meu coração dar ainda mais piruetas dentro do peito.

— O que foi?

— Nada — eu disse a ele, mordendo meu próprio lábio e pensando novamente em toda aquela situação. — Eu amo você.

A mão de Noah ficou parada por entre meus cabelos, onde ele ainda afastava os fios do meu rosto, e ele simplesmente me olhou com aquele sorriso nos olhos que iluminava o resto da sua face. Ele não me respondeu imediatamente, e me beijou em vez disso. Mas balbuciou alguma coisa junto com o estrondo de um dos trovões, alto e ameaçador, no céu. Não precisei que ele repetisse o que havia dito.

Em vez disso, simplesmente sorri comigo mesma e retribuí o beijo com tudo que tinha.

8

PASSEI O DIA SEGUINTE NA CAMA. E EU LITERALMENTE NÃO LEVANTEI, exceto para ir ao banheiro. Lee estava aproveitando ao máximo o tempo que ainda tinha com a namorada antes que os pais dela viessem buscá-la. Aquilo poderia até ter me incomodado se eu não estivesse doente.

Quando percebemos que a tempestade não ia perder a força, mesmo depois de termos passado vinte minutos nos abrigando naquela loja abandonada, decidimos que não havia escolha. E realmente não havia. Eu não estava com o meu celular, e aquela chuvarada estava atrapalhando a recepção do sinal no celular de Noah, que não conseguia ligar para ninguém.

Assim, tivemos que voltar correndo para a casa da praia debaixo de toda aquela chuva.

Nem eu nem Noah ficamos surpresos quando acordamos com dor de cabeça, nariz entupido e, no meu caso, com uma tosse forte.

Eu me sentia tão mal que nem tinha vontade de levantar da cama. Tentei, juro. Dei três passos em direção à porta, mas gemi e voltei para baixo das cobertas. June me trouxe uma xícara de chá de ervas, seguido por um outro chá com mel e também uma tigela de canja, e isso fez com que eu me sentisse melhor. Além dos antibióticos e do frasco de xarope que ela foi buscar na farmácia.

Lee veio ver como eu estava por volta das duas da tarde. Seu cabelo estava úmido, e ele estava respingando um pouco de água.

— Rachel já foi? — Minha voz estava rouca e entrecortada.

— Ainda não. Os pais dela saíram tarde de casa, então vão levar mais umas duas horas para chegar aqui. Mas chega de falar disso.

Lee se jogou na minha cama, de modo que estava deitado bem ao meu lado, com o nariz quase encostando no meu. Prendi a respiração; não queria que ele ficasse doente também.

— Como está se sentindo?

Dei de ombros, e em seguida puxei a blusa do pijama para cobrir minha boca e meu nariz. — Não estou muito bem. Lee, vá curtir suas últimas duas horas com sua namorada. Vamos ter bastante tempo para ficar juntos nos próximos dias.

O sorriso de Lee começou a fraquejar. Percebi que havia um brilho em seus olhos que foi se apagando bem lentamente. Mas ele tentou manter a voz com aquele toque de jovialidade e brincadeiras que era habitual quando disse: — Está tentando se livrar de mim, Elle?

— Não! — respondi, apressadamente. Comecei a negar com a cabeça, mas parei porque isso me deixou meio zonza. — Não quero que você fique doente!

Ele riu e passou o braço ao redor de mim por cima das cobertas, puxando-me em um abraço — uma sensação meio esquisita e desajeitada, já que havia umas quatro camadas de lençóis e cobertores entre nós.

— Credo, Elle. Às vezes você é muito boba. Eu não me importo de ficar doente, de qualquer maneira. Estou aqui aproveitando da sua companhia. Rachel pode ficar com a TV por uns minutos. A minha melhor amiga está doente, e isso é muito mais importante.

— Mas você me deixou sozinha hoje cedo.

— Sim, porque você ficou o tempo inteiro me mandando ir para a praia! — disse Lee para se defender, ainda rindo e com aquela expressão alegre no rosto. — E depois minha mãe nos mandou sair da casa antes que você pudesse passar esses germes para nós. Mas não é essa a questão. Estou aqui para alegrar você, que parece estar precisando.

— Parece mesmo que estou precisando? — Comecei a rir, mas minha risada logo se transformou em um acesso de tosse. Quando consegui parar, eu disse: — Está vendo? Estou doente. Saia daqui.

— É assim que você me agradece? — suspirou ele. — Shelly, às vezes você é uma garota muito malvada.

— Mas, no fim das contas, você vai perceber que eu só estou pensando no seu bem.

— Se você diz... — Ele bagunçou meus cabelos gentilmente, e respondi com uma careta. Mas nem me incomodei em colocá-los no lugar. — Bem, você nem chegou a comentar sobre a noite passada. O que vocês fizeram?

Dei de ombros. — Bem, Noah preparou o jantar.

— Ah! Agora eu sei por que você ficou doente.

Eu ri, e mais uma vez tive que virar para o outro lado, tossindo forte. — Depois saímos para dar um passeio na praia. Foi tudo muito meigo e doce. As ondas, a paz, o silêncio...

— Ahhh, que romântico! — disse Lee, com a voz em falsete. Jogou os cabelos para trás, respingando água do mar em mim com o movimento, e apoiou o queixo sobre a mão. — Me conte tudo, amiga!

Eu dei um chute nele por baixo das cobertas. — Pare de zoar com a minha cara, ou não te conto nada.

— Desculpe — disse ele, sorrindo. — Pode continuar.

— Bom, tudo estava indo muito bem até começar a chover. E nós acabamos correndo até aquela velha loja de pranchas de surfe, sabe? Aquela que está toda coberta por tapumes hoje em dia. E depois tivemos que voltar para casa correndo debaixo de toda aquela chuva.

Espirrei violentamente, e Lee se encolheu por um momento para se esquivar. — E isso foi tudo que vocês fizeram?

— Não. Nós nos beijamos bastante também.

— Ah, bom. — Ele riu.

— E então, como foi sua... — espirrei de novo — ... sua noite com Rachel?

— Foi legal, eu acho.

— Vocês brigaram, não foi? — eu disse com a voz rouca e embargada, me esforçando para não tossir. — Já conseguiram ficar de bem?

Lee deu de ombros. — Mais ou menos... acho que não. Discutimos por causa de uma coisa bem boba.

— Que coisa?

Ele rolou na cama e ficou deitado de costas, entrelaçando os dedos atrás da cabeça e olhando para o teto.

— Bom, eu disse a ela que pagaria o jantar, e Rachel disse que ela é quem iria pagar, porque eu já tinha comprado o ingresso do cinema e todos os doces e a pipoca. E eu disse que não, que o jantar seria por minha conta, e disse a mesma coisa quando Rachel comentou que eu deveria ao menos deixar que ela pagasse sua parte. E então ela começou a fazer um discurso enorme sobre o feminismo e independência das mulheres, bateu uma nota de vinte dólares na mesa e saiu pisando duro.

— Ah. Foi por isso, então.

— O quê? Como assim?

Dei de ombros. — Parece acontecer bastante, eu acho. Sempre ouço as outras meninas comentarem sobre isso na escola.

— Eu nem sabia que Rachel era capaz de fazer um discurso tão irritado quanto aquele.

Eu sorri um pouco. — Foi tão ruim assim?

— Ela não estava gritando. Simplesmente justificou seu ponto de vista como se estivesse na equipe de debates da escola, e fez com que me sentisse mal por causa daquilo. Mas eu só estava tentando ser legal, porque era a última noite dela aqui.

Concordei com a cabeça. — Bem... não sei. Nunca estive numa situação como essa.

— Ah, é claro. Porque passou meses saindo escondida com o único cara com quem você namorou até hoje.

Essa doeu.

Eu ainda me sentia mal por causa daquilo. E não somente por sair escondida com Noah para que Lee não soubesse, mas também porque estava fazendo tudo aquilo com o irmão dele.

Mas ele virou a cabeça rapidamente para olhar para mim.

— Ah... me desculpe — pediu rapidamente, com os olhos arregalados e sinceros. — Foi um golpe baixo.

— É... foi mesmo.

Alguns segundos se passaram em silêncio. Mas não um daqueles ruins. Os silêncios com Lee raramente eram desse tipo.

Ele foi o primeiro a quebrá-lo. — Elle...

Soltei um ruído, alguma coisa entre uma tosse contida e um murmúrio.

— Você sabe que eu amo você, não é?

Meus lábios se retorceram em um sorriso. Lee não era tão ruim quanto o seu irmão, mas quando a situação ficava piegas e sentimental, os dois ficavam bem mais distantes. Ele geralmente falava esse tipo de coisa se eu estivesse me sentindo triste, ou quando estava querendo me provocar.

Quando Noah dizia aquilo, a sensação que eu tinha era totalmente diferente. Nessa hora, eu sentia que estava andando no ar, alegre, despreocupada e totalmente de bem com a vida. Quase literalmente como se estivesse embriagada com as palavras.

Quando Lee dizia aquilo, eu sentia vontade de abraçá-lo com força para nunca mais soltar. E agora, mesmo que não quisesse que ele pegasse meus germes e acabasse ficando doente, não consegui evitar de colocar os braços ao redor dele e pressionar o rosto em seu ombro.

Ele riu baixinho, e senti aquela risada reverberar por dentro do seu peito.

— Eu tenho a impressão de que venho sendo um amigo ruim ultimamente.

— Por quê?

— Porque... ah, você sabe. Tudo isso que andei fazendo por causa de Rachel. Eu sabia que seria uma má ideia trazê-la para cá.

— O quê? — Eu me afastei, girando o corpo na cama para olhar direito para ele. — De onde você tirou isso? Só porque vocês tiveram a primeira briga? — Eu nem havia terminado direito aquela frase antes que outro ataque de tosse sacudisse meu corpo.

— Não. Você sabe — disse ele, tirando alguns pedaços de algodão que estavam nos lençóis. — Faz uma eternidade que *nós* não passamos um tempo juntos. Você e eu. Você passou por todo aquele drama com Noah. E eu fiquei muito tempo com Rachel. E também... você sempre dizia que, mesmo quando já estivéssemos com mais de quarenta anos, ainda assim viríamos para a casa da praia, porque era a única coisa que nunca mudava, não é? Porque esse é o tipo de coisa cafona que você gosta de dizer — ele disse aquilo com um sorriso. — E então eu trouxe

Rachel, e nem mesmo vi você direito nesses últimos meses. Faz realmente uma eternidade que nós não passamos nenhum tempo juntos.

— Mas nós nos vemos o tempo todo.

— Não como antigamente.

Fiquei em silêncio por um momento. Ele tinha razão. Porque... sim, eu havia dispensado a companhia de Lee algumas vezes nos últimos meses para ficar com Noah, mas ele fez o mesmo comigo para ficar com Rachel. E não me importei muito com aquilo. Mas agora que ele colocou a situação em palavras, percebi que já fazia meses que realmente não passávamos muito tempo juntos. Espirrei de novo.

— Acho que cedo ou tarde nós iríamos crescer.

Lee riu novamente, mostrando os dentes. — Você realmente fala umas coisas muito engraçadas, Shelly.

— Engraçadas? Como assim? Isso que falei no mínimo chega a ser filosófico.

Nós dois começamos a gargalhar. Exceto pelo fato de que minha risada se transformou em uma série de tossidas, mas eu ainda estava olhando para Lee com um sorriso enorme.

— Mas estou falando sério. Ainda temos uns dois dias antes de voltarmos para casa, pelo menos. E aí vamos estar somente eu e você, não é?

— Ah, com certeza. Se eu não enjoar da sua companhia até lá.

— Ha-ha. Muito engraçado.

— Não, é sério. Imagine se eu ficar doente e tiver que passar o dia inteiro de cama junto com você? Acho que já estou até mesmo sentindo uma febre por estar tão próximo dos seus germes, Shelly. *Argh.* — Ele estremeceu, fazendo uma careta exagerada de asco que me fez rir enquanto se levantava e ia até a porta.

— Veja se melhora, está bem?

— Certo — respondi, sorrindo. Apertei a cabeça contra o travesseiro, enrolando-me entre os lençóis e os cobertores da cama. Senti o peso deles, mas a sensação não era ruim — era como se estivesse no meio do inverno, debaixo de um edredom grande e pesado, e sem a menor vontade de levantar da cama. Aquela sensação fez com que meus olhos começassem a pesar. Funguei um pouco e bocejei. Sabia que Lee estava por perto, já saindo pela porta, mas eu estava começando a adormecer outra vez, e não disse mais nada.

...

CLICK.

Quando a fechadura do banheiro se fechou, encaixando-se no lugar, trouxe-me de volta para o mundo real; eu acordei de um sonho muito esquisito, em que estava em um bar que servia *milk-shakes* com Ryan Reynolds e Daniel Radcliffe — que, por um motivo qualquer, estava vestido com uma fantasia de vaca. E eu não fazia a menor ideia do que isso significava...

— Desculpe. — Ouvi alguém sussurrar. Esfreguei os olhos, ainda meio grogue, erguendo o rosto do travesseiro e fungando. Olhei ao redor do quarto e vi que Noah estava ao lado da porta do banheiro. — Acordei você?

Balbuciei algo incoerente. — Não tem problema — respondi, e me apoiei um pouco mais nos travesseiros até ficar sentada na cama.

Noah veio até onde eu estava, puxando as camadas de cobertores e lençóis de cima do meu corpo e sentando-se ao meu lado. O quarto estava meio escuro, e percebi que devia ter dormido por várias horas desde que Lee saiu.

— Que horas são? — perguntei, ainda bastante sonolenta. Minha voz estava rouca e baixa, tudo por causa desse resfriado idiota de verão e da tosse.

— Umas oito, acho — respondeu ele. — Como você está?

Funguei outra vez. A dor de cabeça continuava, meu nariz ainda estava entupido, me sentia grogue, toda congestionada por dentro e estava com os braços e as pernas pesados. Mas pelo menos me sentia melhor do que pela manhã. — Estou melhor. E você?

— Estou bem. Você me conhece. Sou como uma muralha de aço.

— Você tem um abdômen de aço, definitivamente — eu disse, forçando o punho contra a barriga musculosa de Noah. E em seguida exclamei, assustada. — Noah! Saia daqui!

— O quê? Por quê? — perguntou ele, totalmente confuso.

— Bem... bem, você não está doente agora, mas eu estou!

Ele me encarou por um momento antes de rir baixinho e dar um peteleco na ponta do meu nariz, o que foi meio nojento, considerando que meu nariz não parava de escorrer. — Está falando sério, Elle? Mesmo depois que eu disse que sou uma parede de aço?

Estiquei a mão até a mesinha de cabeceira, pegando um lenço de papel para assoar o nariz. Foi uma coisa bem nojenta, e, sim, talvez não fosse algo que uma garota quisesse que seu namorado a visse fazendo, mas eu não estava me importando nem um pouco. Fui me contorcendo para me enfiar por baixo das cobertas, de um lado para outro, até que fiquei somente com a cabeça de fora.

Mesmo depois de tudo isso, Noah passou um braço ao redor da minha cintura e me puxou para perto dele. Resmunguei alguma coisa para reclamar, murmurando:

— Noah, eu estou doente!

— Eu sei. Eu também estava, e isso não tem importância. Consigo enfrentar um resfriado, Elle.

— Ah, é mesmo? Então por que você passou o dia inteiro de cama?

— Na verdade, eu fui ao supermercado depois do almoço — disse ele com ar arrogante. — O cereal do café da manhã tinha acabado.

Franzi a testa, sem saber se ele estava falando a verdade ou não. — Ah, deixe para lá.

Ele soltou aquela risada baixa mais uma vez e deu um beijo na minha testa. — Provavelmente você vai estar melhor amanhã, Elle. Não se preocupe. É só se entupir de drogas.

Eu ri quando ele disse aquilo. — Quando o cara que diz isso é o mesmo que botava medo nos outros rapazes para que não chegassem perto de mim, isso soa bem irônico.

— Ha-ha, engraçadinha. Você sabe do que estou falando. Antibióticos e xarope para tosse. São os remédios que minha mãe usa para curar qualquer problema.

Percebi que estava relaxando em meio ao abraço de Noah, em vez de permanecer rígida e tentar não exalar os meus germes sobre ele, e minha cabeça foi deslizando devagar até encostar em seu ombro.

— Rachel foi embora, então?

— Sim — respondeu ele. — Agora somos só nós três de novo. Pelo menos por mais alguns dias.

— Pois é...

— Aposto que nos próximos anos eu não vou voltar para cá. Provavelmente este vai ser o último ano que vou passar aqui.

Acho que nunca ouvi Noah falar de um jeito tão triste. Mas ele tentou esconder aquilo e tossiu abruptamente, como se assim pudesse encobrir qualquer emoção que sua voz acabasse denunciando.

— O ano que vem provavelmente também será o seu último ano aqui. E o de Lee — disse ele.

— Qual é, Noah? Está tentando me chutar quando já estou caída? Eu já estou com esse resfriado horrível, e você está tentando me deprimir também? — Tentei falar aquilo com a voz séria, mas acabei rindo um pouco.

— Estou falando sério.

Neguei com a cabeça. — Nós vamos continuar voltando todos os anos.

Noah riu baixinho. — Não tenha tanta certeza disso, Elle. Vocês dois podem até tentar, mas provavelmente as coisas não vão acontecer desse jeito. Eu sei que estou sendo pessimista — disse ele, interrompendo-me enquanto eu começava a dizer que ele estava falando uma idiotice e sendo pessimista. — Mas nem todas as histórias terminam com um "felizes para sempre".

Fiquei em silêncio por um momento, e uma pergunta silenciosa — algo que eu nem precisei colocar em palavras — ficou pairando no ar entre nós: *E o que vai acontecer com a gente? Será que vamos ter um felizes para sempre?*

Tive a sensação de que o meu estômago estava afundando dentro de mim, torcendo-se e retorcendo-se de dúvida e preocupação. Mas fiz de tudo para afastá-las, completamente determinada a não ficar deprimida, pelo menos até que ele partisse para a faculdade.

— Noah, você é mesmo muito pessimista. Agora cale essa boca, por favor. Estou cansada.

Ele riu outra vez. — Você passou o dia inteiro dormindo igual a um zumbi.

— Tecnicamente, zumbis não dormem, Noah. Eles não estão vivos, então não precisam dormir. — Nós dois ficamos em silêncio por um momento. Um silêncio meio constrangedor. — Isso é culpa de Lee. Ele me obriga a assistir a filmes de zumbi.

Noah riu outra vez. — Certo, certo. Então você passou o dia inteiro dormindo como uma garota doente.

— Ah, não vai me dizer que você descobriu isso só agora! — eu disse, e subitamente fui tomada por mais um acesso de tosse, embora não tão ruim quanto os que tivera durante a manhã. Era como se todas as partes do meu corpo, incluindo esse maldito resfriado, quisessem fazer com que Noah perdesse aquela discussão. Na verdade, aquilo nem chegava a ser uma discussão. Mas eu tinha a sensação de que era.

— Ah — disse ele gentilmente, mas eu podia até mesmo jurar que ele estava tentando não rir quando me puxou de volta para seus braços. Acariciou lentamente o meu rabo de cavalo emaranhado e já com um pouco de *frizz*. — Durma um pouco — sussurrou, e beijou minha testa. Eu funguei outra vez, mas não consegui evitar o impulso de colocar um braço ao redor de Noah e de me aconchegar junto de seu peito. Ele parecia ser mais quente do que as quatorze mil cobertas que me cobriam, e senti seu coração bater perto do lugar onde minha mão estava em seu peito. E a maneira como ele me abraçava... eu tinha a sensação de que Noah nunca, nunca mesmo, deixaria qualquer coisa me machucar.

Nunca deixei de achar um pouco esquisito o fato de que me sentia inexplicavelmente segura nos braços de Noah, mesmo ele sendo um viciado em violência.

E, depois de passar algum tempo deitada com ele daquela maneira, sem falar, caí no sono outra vez com um sorriso no rosto.

9

— CREDO, LEE. SERÁ QUE VOCÊ NÃO CONSEGUE DEIXAR O QUARTO ainda mais bagunçado do que já está?

Peguei a meia e a camiseta largadas ao lado da porta. Ele estava voltando para o nosso quarto agora que Rachel já havia ido embora. Eu ainda estava doente — com dor de cabeça, nariz entupido e tosse — mas June havia trazido remédios mais fortes da farmácia, e agora eu já me sentia bem melhor. E era assim que eu preferia que as coisas fossem, de qualquer maneira — não podia me dar ao luxo de ficar doente quando tínhamos tão pouco tempo de sobra.

Noah viajaria no sábado de manhã. Pegaria um voo ao meio-dia e meia para Boston com seu pai, mas o avião para lá saía de nossa cidade, e o percurso até o aeroporto levava mais ou menos duas horas.

Isso nos deixava somente com a sexta-feira. Eu não me importava por ainda estar meio doente. Estava determinada a aproveitar ao máximo esse último dia, independentemente do que acontecesse.

E agora que Lee estava bagunçando o quarto e deixando suas coisas jogadas por todos os lados, e sem Rachel por perto, a sensação era a de ter voltado aos velhos tempos.

Não que eu não estivesse um pouco triste por Rachel ter ido embora; até que fora legal passar alguns dias com ela, na realidade. Além disso, eu sabia que Lee tinha adorado a visita.

— Por acaso você já está pronto? — suspirei ao perguntar.

— Sim, é claro que estou. E você? Já fez a chapinha no cabelo e encheu a cara de maquiagem para ir para o mar?

— Ha-ha — eu disse, estreitando os olhos. Ele estava zoando com o jeito que o meu cabelo estava logo depois de acordar. Os fios estavam tão revoltos e embaraçados que eu não conseguia nem mesmo prendê-los em um rabo de cavalo decente. Assim, simplesmente passei uma escova nos cabelos e desisti.

— Tenho certeza de que Noah não vai se importar se você estiver parecendo uma ogra, não se preocupe. Ah, e você baba enquanto dorme.

— Mas o que isso tem a ver com... ei, espere aí. Eu babo? Você está falando sério? Lee, por favor, me diga que está brincando!

As minhas bochechas começaram a arder quando pensei naquilo. Eu havia adormecido quando ainda estava nos braços de Noah, na noite passada. E se eu tivesse babado em cima dele?

Lee explodiu em uma gargalhada. — Ah, eu estou só tirando onda com a sua cara, Shelly. Não precisa se preocupar.

— Tirando onda com a minha cara? — eu disse, com um sorriso torto. — É sério isso?

Ele simplesmente abriu um sorriso luminoso e enfiou a pilha de roupas que havia recolhido de cima da cama em uma gaveta, forçando-a com a coxa para que se fechasse.

— Ei, vocês dois vão para a praia ou não?

— Shelly ainda não terminou de se maquiar — disse Lee. — Acho que ainda vai precisar de mais uma hora.

Noah olhou para mim naquele momento, e eu vi que ele estava tentando não rir do meu cabelo.

Em quaisquer outras circunstâncias, eu ficaria totalmente mortificada se Noah me visse toda entupida, catarrenta e doente, com os cabelos despenteados logo depois de acordar e com um pijama velho e que não valorizava o meu corpo... mas tudo parecia ser diferente na casa da praia. Por exemplo: eu podia andar pela casa completamente largada e desleixada se quisesse. Nem me incomodava em passar maquiagem, e raramente arrumava o cabelo como normalmente faria.

Assim, agora, vendo que Noah olhava daquele jeito debochado para o meu cabelo, eu simplesmente revirei os olhos.

— Adorei seu penteado.

— E eu adorei o seu... — deixei a frase morrer no ar, sem conseguir pensar em nada com que valesse a pena retrucar. Mas eu havia hesitado por tempo demais para tentar disfarçar, e Noah riu baixinho, com um sorriso torto no rosto. Suspirei com força pelo nariz, irritada comigo mesma por não conseguir responder àquela ironia à altura.

— Ai! — gemeu Lee, subitamente, colocando as mãos na cabeça e se agachando no canto, parecendo estar tomado pelo asco. — Meus ouvidos! Meus ouvidos!

— O que foi? — eu ri enquanto olhava para ele, totalmente confusa.

E foi em seguida que ele se levantou, com o rosto tranquilo e sem qualquer traço da expressão de asco que tinha no rosto. — Se vocês dois já terminaram com esse flerte, podemos ir para a praia?

Eu ri e joguei a camiseta e a meia de Lee na sua cabeça. Ele ficou com a meia pendurada na orelha até que a jogou para longe balançando a cabeça, como se fosse um cachorro. Noah riu daquilo também, e a parte sentimental que havia em mim, a parte que seria eternamente romântica e incorrigível, desejou poder tirar uma foto daquele momento: nós três rindo, na casa da praia, juntos como sempre, e aparentemente sem qualquer preocupação com o resto do mundo. Era um momento perfeito. Mas era só isso: apenas um momento.

...

DESSA VEZ, EU ACABEI CEDENDO E ACEITEI PARTICIPAR DA PARTIDA DE vôlei que acontecia na praia. Mas o que realmente me deixou abismada foi quando Lee e Noah, os dois, decidiram ir jogar no outro time. Os dois estavam contra mim, querendo aproveitar cada momento da minha contribuição absolutamente terrível para o jogo.

Porque, como os dois já sabiam, eu era péssima no vôlei. Mas isso não significava de maneira nenhuma que eu ficaria encolhida no canto da quadra e longe da bola. Se tinha que participar do jogo, então ia entrar com tudo. Se ia jogar bem... aí seria outra conversa.

Estávamos jogando com cinco pessoas em cada time. Tinham duas outras garotas na quadra, uma no meu time e a outra no time de Lee e

Noah. A maioria das garotas por ali havia se reunido ao redor da quadra, mas somente para ficar olhando os rapazes.

O nosso time estava ganhando. Mas somente por um ponto. E o jogo já estava quase terminando.

Até mesmo eu conseguia sentir a tensão no ar. E não me importava nem um pouco com quem venceria.

Mesmo assim... eu queria ver as caras que Noah e Lee fariam se perdessem... especialmente a de Noah. Ele era um péssimo perdedor.

Lee bateu na bola para que ela voasse em direção ao meio da quadra, o lugar mais próximo de onde eu estava.

— É minha! — gritei, freneticamente, mesmo tendo consciência de que não teria a menor chance de acertar a bola, quem dirá de mandá-la de volta por cima da rede.

— Deixe comigo! — gritou um dos outros jogadores do meu time. Recuei na diagonal, indo para a esquerda e esperando que, de algum modo, a bola que vinha girando na minha direção não fosse atingir magicamente o chão bem na frente dos meus pés. Ou acertasse a minha cabeça. Qualquer uma dessas duas opções seria ótima.

Fui me aproximando cada vez mais e senti o corpo ficar tenso, preparando-se para ser derrubado por uma bolada. Recuei mais um passo. Eu simplesmente deixaria a bola bater na areia e me poupar de qualquer dano mais sério...

— *Uff!*

Eu caí, o cara que estava atrás de mim caiu e a bola me acertou bem na coxa com toda a força, fazendo um som bem alto. Aposto que isso me daria um belo roxo no dia seguinte... Ouvi a plateia, que estava tomando sol ao redor da quadra e assistindo ao jogo, rir bem alto da minha trapalhada.

E foi então que percebi que estava deitada em cima de algo que era firme e macio. E estava ali já fazia alguns segundos.

As minhas bochechas começaram a arder, provavelmente ainda mais vermelhas do que a minha coxa que havia acabado de ser acertada por uma bola dura de couro. Eu estava praticamente deitada em cima do rapaz que havia tentado salvar a bola antes de eu ter acabado com o jogo, e ele estava segurando os meus cotovelos. Ele olhou para mim com aqueles olhos castanhos grandes e redondos, parecendo não saber se devia rir daquilo ou perguntar se eu estava bem.

— Ai-meu-Deus — eu disse, levantando-me rapidamente. — Me desculpe, por favor! Eu não tive a intenção de... ai, eu não queria... — Bati com a mão na testa. — Eu sou uma idiota, mesmo. Desculpe.

O rapaz se levantou e bateu a areia que havia grudado em seu corpo. Em seguida, abaixou-se para pegar a bola, e colocou também a mão que ainda estava livre no meu braço. — Ei, não se preocupe. Está tudo bem com você?

Fiz que sim, e talvez tenha feito isso com uma dose exagerada de entusiasmo. Mas eu estava tão envergonhada! Se já não fosse o bastante ter levado aquele tombo, eu havia caído em cima de um homem, e para piorar ainda mais a situação a minha coxa estava me matando de dor. Com certeza eu voltaria para casa mancando. Ah, e tudo isso acontecera bem na frente de uma porção de pessoas. Foi um momento simplesmente fantástico.

Eu percebia vagamente que o outro time trocava cumprimentos e gritava “É isso aí!”, enquanto o meu time resmungava sobre terem que marcar o próximo ponto — e sobre como isso não aconteceria se eu tentasse voltar para o jogo.

— Desculpe — eu disse outra vez. — Ah... talvez eu deva ficar de fora dessa próxima parte.

— Você tem certeza? Você...

— Ei, Elle! — gritou Noah, atraindo minha atenção. Saltei, assustada, quando ouvi a voz dele e a mão do rapaz soltou meu braço. — Está tudo bem aí?

— Eu... s-sim. Sim, está tudo bem. Eu estou bem.

Havia alguma coisa na expressão fechada de Noah que eu não gostei muito. À primeira vista, aquilo poderia passar somente por uma expressão preocupada com o que havia acontecido. Mas eu vi o músculo no queixo contorcido dele latejar, e seus olhos pareciam mais sombrios do que o habitual.

— Ei... Elle? — disse a garota que estava no meu time. — Você está bem? Talvez fosse melhor se você descansasse por alguns minutos. Só para não forçar a perna. Que tal?

Tive que admitir que ela conseguiu dizer aquilo da maneira mais gentil possível.

— É claro — eu disse, acenando com a cabeça. — Não tem problema.

Um dos outros rapazes que estava no meu time soltou um assobio estridente. — Ei, Tom! Entre no time, cara!

Olhei de volta para o cara sobre o qual eu havia caído.

— Tem certeza de que você está bem?

Ainda forcei um sorriso, tentando desesperadamente me livrar da expressão mortificada ainda no meu rosto. — Sim. Obrigada.

Quando saí das linhas que delimitavam a quadra, sentei-me na areia com um suspiro enorme e silencioso, e ergui os joelhos para poder apoiar o queixo sobre eles. Bati um pouco da areia grudada no meu queixo e ergui os olhos. Os jogadores estavam se alinhando na quadra para o próximo saque. Meu olhar cruzou com o de Lee. Ele simplesmente fez um gesto negativo com a cabeça e me encarou com um sorriso torto. Mas Noah... bem, eu ainda não gostava nada da expressão que ele tinha no rosto. Era algo que fazia meu estômago embrulhar, e eu sentia o coração começar a bater mais rápido também.

Pareceu demorar uma eternidade até o jogo terminar. E o meu time perdeu. Com Noah marcando o ponto da vitória.

Algumas pessoas se dispersaram depois do jogo, saindo em busca de algo para comer ou beber, e outras entraram na quadra para disputar outra partida. Levantei-me quando Noah veio em minha direção. Lee continuou na quadra, conversando empolgadamente com dois ou três outros garotos que estavam do seu lado da rede, gesticulando bastante. Aquilo me fez sorrir um pouco.

Concentrei minhas atenções em Noah.

— Foi legal — eu disse, indicando a quadra com um movimento de cabeça e me referindo ao ponto que decidiu o jogo. Eu não sabia quais eram os termos técnicos do vôlei. Uma cortada? Uma pancada? Ah, tanto faz. Eu não me importava nem um pouco. — Parabéns.

Ele nem estava com aquele olhar arrogante no rosto. Também não fez nenhum comentário do tipo: "Eu disse para você. Sabia que ia ganhar".

Assim, eu disse: — O que foi?

Ele olhou para mim por uma fração de segundo que pareceu durar para sempre, e em seguida começou a se afastar da quadra, com a mão tocando o meu braço para me levar junto. Foi somente quando estávamos suficientemente longe do jogo e das pessoas que assistiam à partida ao redor da quadra para que não nos ouvissem que ele afastou a mão do meu braço e se virou para ficar de frente para mim.

— O que foi? — bufei. Cheguei até a cruzar os braços. Seja lá qual fosse o problema que ele achava que havia (e eu não fazia a menor ideia do que pudesse ser), Noah estava realmente começando a me incomodar.

— Você sabe o que foi! — Foi sua resposta.

Noah estava com a testa franzida e com cara de poucos amigos. Era o tipo de expressão séria e irritada que, quando eu era mais nova, se visse em seu rosto, provavelmente sairia andando na direção oposta. Entretanto, agora, aquilo só fez com que eu esticasse o queixo e olhasse para ele com um ar desafiador.

— Não, eu não sei o que foi, Noah — esbravejei. — O que deu em você desta vez?

Ele bufou como se não acreditasse realmente em mim. — Ah, claro. Você não lembra que estava se atracando com um cara qualquer há dois minutos?

— *O que você disse?*

Ah, é claro... eu havia caído em cima de um rapaz. *É por causa disso que ele está bravo!*

— O cara em quem eu tropecei? — eu disse, em voz alta, e minhas sobrancelhas se ergueram na testa e se juntaram numa mistura de descrença e irritação. — É por causa disso que você está bravo? Porque eu tive o azar de trombar e cair em cima de um cara qualquer? Você sabe que eu não sei jogar vôlei. Você realmente esperava que eu fosse conseguir ficar em pé o tempo todo, Noah?

Os olhos dele se estreitaram, claramente querendo dizer: "Não mude de assunto". Mesmo que eu achasse que não estava mudando.

— Você fala como se eu tivesse feito aquilo de propósito!

— Eu não disse isso. Mas você não fez nenhum esforço para se levantar, não foi? E você estava com o rosto todo vermelho, como... como se fosse uma garotinha. Ele estava paquerando você, Elle, e você nem se deu ao trabalho de parecer irritada.

— Ele não estava me paquerando! — exclamei. — E eu não levantei... eu não levantei porque... porque...

Parei de falar, tossindo com força. Quando o acesso de tosse terminou, voltei a encarar Noah com firmeza, brava, endireitando o corpo ao máximo para ficar o mais alta que conseguisse, sem precisar ficar na ponta dos pés.

— Eu não me levantei porque estava morrendo de vergonha. E porque a minha perna estava doendo. Eu nem percebi que estava deitada por cima dele, mas fiquei em pé quando percebi. E ele não estava me paquerando! Perguntou se eu estava bem! É algo que qualquer pessoa decente faria depois de alguém levar um tombo e ser acertada por uma bola de vôlei na perna.

— Eu perguntei se você estava bem — disse Noah, irritado.

— Eu não disse que você não fez isso.

— Você insinuou.

— Não insinuei. E você não está percebendo o que está fazendo.

— E o que é que estou fazendo? Elle, parece que você ainda não percebe. Os homens vão aproveitar qualquer oportunidade que tiverem. E quando você cai em cima de um cara como aquele, ele não vai perder a chance.

— Agora você está agindo como um idiota — esbravejei. Para dizer a verdade, não tinha mais tanta certeza disso. Mesmo assim, naquele momento eu estava brava com Noah, e não me importava se ele estava certo ou errado.

— Pelo amor de Deus, Elle. Quando é que você vai começar a escutar o que eu digo?

— Quando você parar de ser esse idiota controlador! — gritei em resposta, virando as costas e indo embora, pisando duro. Cheguei até a escorregar na areia, mas continuei andando, com toda a raiva que consegui reunir, sem nem mesmo olhar para trás para ver se ele estava me seguindo.

Eu queria que ele viesse correndo atrás de mim, que me segurasse e me pedisse desculpas, dizendo que estava arrependido, que não queria ter agido como um cafajeste. E então eu o perdoaria, nós nos beijaríamos e tudo ficaria bem.

Mas nem tudo funcionou como aquele "felizes-para-sempre" perfeito e desejado.

Percebi que ele não estava vindo atrás de mim.

10

BATENDO O COPO JÁ QUASE VAZIO DO COQUETEL SEM ÁLCOOL QUE eu havia pedido no bar, deslizei a ponta do dedo pela parede do copo, fazendo desenhos abstratos nas gotículas condensadas na superfície.

Certo, talvez aquele cara do jogo de vôlei até tivesse tentado me paquerar ou coisa parecida quando botou a mão no meu braço. Mas perguntar se eu estava bem significava somente que ele era um ser humano gentil. E talvez pareceu meio estranho que eu não tenha me levantado imediatamente. Mas isso não quer dizer que Noah tinha direito de ficar bravo comigo daquele jeito.

Ele era meu namorado. Tinha todo o direito do mundo de sentir ciúme, e também de ficar irritado se um cara qualquer tentasse me paquerar, mas não tinha o direito de ficar bravo comigo.

Sim, mas estamos falando de Noah, disse aquela voz racional irritante que na minha cabeça tentava me convencer de que eu estava errada. *Ele é impulsivo e se irrita por qualquer coisa, e é assim desde sempre. Você realmente esperava que ele se transformaria em um cara legal e gentil só porque vocês dois estão namorando agora?*, pensei.

Suspirei mais uma vez, passando a mão pelos cabelos molhados. Sentia a pele, ainda meio grudenta de água do mar, querendo começar a descascar.

Não foi assim que imaginei meu último dia na casa da praia com os dois irmãos da família Flynn. Nós devíamos estar nos divertindo juntos, fazendo *bodyboard* com as pranchas ou nadando no mar, jogando vôlei e rindo do quanto eu era ruim no esporte, tomando quilos de sorvete e nos empanturrando no *self-service* daquele restaurante pequeno perto do bar da praia. Devíamos construir um castelo de areia gigante, enterrar até o pescoço o primeiro que ousasse dormir na praia, enchendo a barriga mais uma vez com o churrasco que o pai de Noah e Lee prepararia à noite e ficando acordados até tarde fazendo brincadeiras bobas e jogando cartas.

O que não deveria ter acontecido era eu ter uma briga tão feia com Noah. Além disso, para deixar tudo ainda pior, minha perna realmente estava começando a doer bem no lugar onde a bola tinha me acertado.

Ouvi o barulho da banqueta ao lado da minha ser arrastada e desviei os olhos, que estavam fixos no copo, quando alguém se sentou. Ainda assim, fiquei surpresa quando vi que era Noah.

— Oi — disse ele em voz baixa, balbuciando sem mover os lábios.

— Oi — respondi quase da mesma forma. Voltei a olhar para o meu copo e para as gotas de água escorrendo pelo vidro.

— Olhe, sobre o que aconteceu... — começou Noah. Ele deixou a frase no ar por alguns instantes, quase como se estivesse esperando que eu o interrompesse e dissesse: "Deixe isso para lá, isso é passado. Vamos simplesmente seguir em frente". Quando percebeu que eu não ia dizer nada, ele continuou. — Me desculpe por agir como um idiota. Eu só estava... bom, você estava praticamente deitada por cima daquele cara... e eu sei que você não fez isso de propósito — emendou ele, rapidamente, antes que eu tivesse qualquer chance de abrir a boca. — Mas tente pensar no que eu estava vendo. Estava bem ali na quadra e a minha namorada estava deitada em cima de outro cara, que começa a paquerá-la, e você estava com o rosto todo vermelho como se... não sei, como se estivesse gostando da paquera dele.

— Eu estava vermelha porque estava envergonhada de ter levado aquele tombo épico na frente de um monte de gente.

— Sim, agora entendo isso — disse ele. Olhei para Noah pelo canto do olho; parecia estar bastante frustrado consigo mesmo, como se ainda estivesse bravo, mas não quisesse estar; como se não quisesse falar sobre nada que tivesse relação com esse assunto, mas ainda assim quisesse me contar o que estava sentindo.

— Desculpe — repetiu ele.

Afastei o copo alguns centímetros e inclinei o corpo um pouco para trás na banqueta. Eu nem sabia pelo que eu estava esperando.

— Elle?

— Está tudo bem — eu disse, virando a cabeça. — Está tudo bem. Esqueça isso.

— Elle — disse Noah outra vez, mas agora com um suspiro.

— O que foi? Eu disse que está tudo bem.

— Não... não está. Se estivesse bem, você estaria sorrindo, ou me provocaria com alguma coisa que envolvesse a palavra "fofura".

Bem, eu não podia deixar de admitir que ele tinha razão.

— Está tudo bem — repeti.

Ele suspirou outra vez. — Elle, por favor. Eu não sei o que mais posso dizer. Já pedi desculpas. Já expliquei por que eu fiquei bravo. Sei que eu sou um idiota. Vamos lá, me dê uma chance, pode ser? Escute, eu não quero viajar para Harvard e deixar você aqui, ainda brava comigo. Vai ser horrível. Você pode ficar brava comigo mais tarde. Vamos aproveitar o dia de hoje, pelo menos.

Eu podia simplesmente ter deixado minha determinação se derreter toda quando ele falou aquilo. Noah não era o tipo de cara que gostava de expressar suas emoções, então eu sabia, com toda a certeza, que, quando ele dizia algo tão sentimental como aquilo, era porque estava sendo honesto. E aquilo tinha sido tão, mas tão adorável!

Mas eu ainda estava brava.

Mas ele até que tinha uma certa razão.

Mas ele tinha agido como um cafajeste, mesmo.

Havia muitos pensamentos conflitantes dentro da minha cabeça naquele momento. Mesmo assim, ele tinha razão em relação a uma coisa: era uma estupidez passar aquele último dia na casa da praia de cara virada, um irritado por causa do outro. Eu teria muito tempo para ficar brava com ele quando nós dois voltássemos para casa.

Entretanto, quando pensei naquilo, me dei conta de que, na realidade, nós só teríamos mesmo aquele verão. Eu ainda não tinha cem por cento de certeza sobre quais seriam os nossos planos para depois. Assim, seria idiotice passar o tempo que teríamos, depois que estivéssemos de volta em nossas casas, ainda bravos um com o outro, mas...

Precisei me esforçar muito, muito mesmo, para fazer o meu cérebro calar a boca.

Em voz alta, eu disse: — Está bem, está bem. Mas isso não significa que você escapou dessa.

Noah sorriu, mostrando os dentes. Em grande parte, foi aquele sorriso raro e contagioso que mostrava a covinha na sua bochecha e que eu amava tanto, mas havia um toque daquele sorriso torto que jamais deixaria de existir. Antes que eu me desse conta, um sorriso se formou no meu rosto também.

— E então, o que quer fazer agora? — perguntou ele. — Nós temos o dia inteiro.

Meu sorriso foi ficando cada vez maior. — Tenho certeza de que vou conseguir pensar em alguma coisa...

Ele pareceu quase surpreso quando fui até a loja e comprei oito baldes com o formato de torres e três pás de plástico para que pudéssemos entrar no campeonato de construção de castelos de areia. Lee estava com uma empolgação tão infantil quanto a minha. E embora Noah não quisesse demonstrar, eu tinha uma sensação muito boa de que ele estava curtindo a ideia também.

...

NÓS NÃO CONSEGUIMOS GANHAR O CAMPEONATO. PROVAVELMENTE porque usamos areia seca demais e nossos castelos desmoronavam o tempo todo, ou porque eu tropecei em Noah e caí de cara (mais uma vez, e mais uma vez na frente de todo mundo, pela segunda vez naquele dia) no nosso castelo que estava meio zoado, mas ainda assim não deixava de ter sua beleza.

Voltamos para o local onde habitualmente ficávamos, mais perto da casa da praia, depois do almoço.

Lee e Noah saíram para surfar com as pranchas de *bodyboard* outra vez. Resolvi ficar deitada na minha toalha. Inclinando a cabeça para trás de maneira que o sol praticamente derretia meu rosto, fechei os olhos para evitar a luz que conseguia atravessar as lentes vagabundas dos meus óculos de sol de cinco dólares.

Eu não queria pegar no sono. Não estava tão cansada. Acho que aquilo era simplesmente o efeito que o verão causava em mim. Mas, de qualquer maneira, acabei adormecendo.

Quando acordei, alguém estava dando tapinhas na areia que cobria os meus ombros.

Eu soltei um berro. — Lee! — E em seguida tentei erguer o corpo, mas percebi que não conseguia me mover. Eles haviam conseguido me cobrir com tanta areia que eu nem era capaz de mexer os dedos dos pés. Ela me cobria por inteiro, vindo até as clavículas. Eu só conseguia mover a cabeça e mais nada.

Nunca pensei que, em todos aqueles anos que passamos enterrando quem dormisse na areia, eu seria a primeira a cair no sono. Eu sempre ajudava a enterrar um dos outros dois.

— Ah, seus bobos! — eu disse, chorosa. — Vocês enterraram a minha toalha também! Agora vou ter que jogar ela fora, porque vai estar toda coberta de areia!

Eles simplesmente bateram a areia que tinham nas mãos e ficaram rindo de mim. Lee se levantou e cutucou a parte da areia que cobria minhas costelas. — Olha, Shelly. Acho que todo nosso esforço valeu a pena. Não há como ver nada do seu corpo. Não consigo nem mais saber em que lugar estão as suas costelas.

— Ha-ha.

Noah estava rindo também, e em seguida se levantou. — Cara, todo esse trabalho duro me deixou com uma sede enorme. Eu acho que preciso beber alguma coisa. Lee, você está com sede também?

— Sabe de uma coisa? Cara, estou me sentindo completamente seco por dentro — disse ele, me olhando com um sorriso debochado, mas em seguida com uma expressão séria quando olhou para Noah. — Acho que precisamos ir pegar algo para beber.

— Sim, boa ideia. Vamos lá.

— Ei, garotos! — gritei quando eles me deram as costas e começaram a se afastar. Eu sabia que os dois estavam só brincando comigo e tentando me assustar. Mesmo assim, eu ainda achava que eles poderiam me deixar ali daquele jeito, enterrada até o pescoço na areia. — Lee! Noah!

Os dois chegaram a se afastar bastante antes que Lee começasse a gargalhar e voltasse para perto de mim.

— Não façam isso comigo! — Eu queria jogar areia nele ou coisa parecida, mas tudo que consegui fazer foi esticar o pescoço e olhar com cara feia por trás dos meus óculos de cinco dólares. — Está bem, seus bobos. Vocês já se divertiram, ha-ha, tirem logo uma foto e depois me desenterrem. Me tirem daqui.

— Desenterrar você, Shelly? Você quer a nossa ajuda depois de todo esse trabalho e o tempo que demoramos para enterrar você?

Ele ficou me encarando boquiaberto, com as sobrancelhas franzidas e unidas e os olhos esbugalhados. Senti uma vontade enorme de rir, mas estava tentando olhar para ele como se ainda estivesse brava.

— Certo, certo — disse Noah, finalmente chegando perto de nós. — Vou tirar a foto agora.

Ele pegou uma câmera que parecia ter surgido do nada. Era a mesma que nós tínhamos juntado dinheiro para comprar há alguns anos, do tipo que imprimia as fotos assim que eram tiradas, como as antigas máquinas Polaroid. Já havia me esquecido completamente dela.

— De onde você tirou isso aí? Você não tinha trazido a câmera para a praia antes.

— Voltei correndo para buscá-la para tirar uma foto de você finalmente enterrada na areia e passar vários anos rindo, enquanto Lee estava fazendo o trabalho.

Revirei os olhos.

— Diga "xis"! — gritou Noah, com a voz marcada pelo riso. Eu ainda estava olhando para ele com cara de quem definitivamente não ia "dizer xis" quando ele batesse a foto.

— Noah! Eu ainda não estava pronta!

— Eu mandei você dizer "xis"! Isso significa que eu ia bater a foto!

— Não significa, não!

— Olhe, na verdade Noah tem razão — intrometeu-se Lee.

— E você fique quieto! Noah, tire outra!

Noah estava rindo de mim, enfiando o dedão do pé na areia em algum lugar próximo de onde meus pés deviam estar. — Está bem, está bem. Mas dessa vez, quando eu mandar você dizer "xis", isso significa que vou tirar sua foto imediatamente, entendeu? Você acha que é capaz de fazer isso?

Eu ri com uma boa dose de sarcasmo. — Sim.

— Certo. Então... — Ele se posicionou cuidadosamente, olhando pela lente da câmera e dando alguns passos para o lado, como se estivesse tentando encontrar um ponto onde a iluminação fosse melhor. Eu não consegui evitar rir dele. Assim, quando Noah finalmente me avisou para dizer "xis", eu disse "XIS!" com toda a força dos meus pulmões, rindo para a foto e olhando para Noah em vez de olhar para a lente da câmera.

— Deixe eu ver! — eu disse ao mesmo tempo em que Lee falava: "Vamos ver como ficou".

Noah agitou a foto e veio até onde estávamos. Ele sorriu para a foto, e a virou de frente para nós, segurando-a para que a víssemos.

E a primeira coisa que eu vi foi que aqueles dois não tinham simplesmente me enterrado na areia; eles tiveram o trabalho de empilhar a areia sobre o meu corpo de modo que eu ficasse parecendo uma sereia. Tinham feito até um rabo de peixe e todo o resto. E provavelmente foi Lee quem teve a ideia de esculpir a areia de modo que eu fosse uma sereia de topless.

Eu queria ficar irritada, mesmo que não tivesse motivo. Mas não conseguia. Tudo aquilo era engraçado demais.

Eu era uma sereia gigante feita de areia.

E eles tinham tirado uma foto.

Ri até perder o fôlego.

E dessa vez, pelo menos, eles realmente começaram a destruir a obra-prima em forma de sereia em que haviam me transformado, e me tiraram de lá. E só para constar: eu ainda estava com areia nos cabelos no dia seguinte. Mesmo depois de ter lavado, enxaguado e repetido a operação pelo menos três vezes naquela noite.

11

— HMMM — DISSE LEE. — ACABEI DE ME LEMBRAR!

Exceto pelo fato de estar conversando com a boca cheia, e por isso o que ele disse soou como "Hmmm, eu ag-ab-eim-dem-em-brar". Mesmo assim, entendi o que ele estava dizendo, depois de passar dezessete anos com Lee, me acostumei a escutar quando ele falava comigo com a boca tão cheia de comida que ficava parecendo um esquilo.

— O que foi? — eu disse... depois de ter engolido minha comida.

— Bem... — respondeu ele, engolindo o burrito que estava comendo com um ruído alto, e arrotando com um estardalhaço ainda mais intenso. — Lembra de hoje de manhã, quando estávamos jogando vôlei? Bem, depois que você e Noah saíram para brigar por algum motivo idiota, fui conversar com uns outros caras. Eles vão fazer uma festa na praia amanhã à noite, pelo que disseram. E vai haver um monte de pessoas lá. E bebida, também. Mas desta vez não vão fazer uma fogueira.

— Já faz anos que não acendem uma fogueira — disse Noah, mas ele parecia não estar muito interessado naquilo. — A polícia baixou na praia há alguns anos. Disseram alguma coisa sobre aquilo ser um risco para a segurança das pessoas.

— Um risco para a segurança das pessoas? À beira mar? — eu disse.

Ele me encarou com uma expressão de quem também não entendia o motivo pelo qual a polícia havia proibido fogueiras, e em seguida olhou para Lee. — E daí? O que você tem em mente?

Lee deu outra mordida gigantesca em seu burrito, e eu já estava achando que seria impossível ele conseguir dar conta de tudo aquilo. Desta vez, ele engoliu a comida — ou a maior parte dela — antes de responder. — Bem... o que eu tenho em mente é: vai haver uma festa amanhã. E Shelly e eu podemos ir.

— Está falando sério? — eu falava com a voz cheia de animação, e era exatamente assim que me sentia. Minha pulsação começou a acelerar e senti que minhas sobrancelhas se erguiam na testa. Nunca havíamos participado de uma dessas festas na praia. Elas sempre foram o lugar aonde Noah ia por uma ou duas noites, mas Lee e eu sempre éramos jovens demais para frequentar. June e Matthew (e o meu pai também, pelo telefone) não nos deixavam ir, mesmo que Noah fosse, mas ele também não queria que fôssemos a essas festas.

Eu me lembrava muito bem de quando tínhamos quatorze anos e saímos escondidos de casa para ir à festa, mesmo depois que meu pai e os pais de Lee disseram que estávamos proibidos de ir. Mesmo assim, e sem nos importar muito com o que pudesse acontecer, saímos de mansinho para bisbilhotar o que Noah faria. Não deu muito certo no fim das contas. Ele percebeu que estávamos indo atrás e ameaçou ligar para a sua mãe e nos dedurar.

Foi meio infantil, mas funcionou.

Imagino que talvez pudéssemos ter ido às festas na praia pelo menos desde o ano passado, mas simplesmente não foi algo que pensamos em fazer. As festas eram o que considerávamos "coisas de Noah". Lee e eu ficávamos em casa jogando videogame, conversando e contando piadas como sempre.

Mas, agora, a adrenalina começava a correr pelo meu corpo.

— É mesmo? — eu disse com um gritinho. — Podemos ir a uma festa na praia este ano? Vamos mesmo para essa festa?

— Ah... eu acho que não vão, não — interrompeu Noah.

— O quê? —Lee e eu nos viramos para olhar para ele, com os olhos arregalados de confusão.

— Vocês por um acaso fazem ideia do que acontece nessas festas? — perguntou ele. Meu rosto se petrificou, ficando imóvel de irritação enquanto eu olhava para ele com uma expressão que demonstrava toda a minha indignação. Eu sabia aonde isso ia terminar: mais uma vez, ele agiria daquela maneira superprotetora e controladora, e acabaríamos tendo outra briga...

— Vamos mesmo assim — eu disse a ele.

— Elle... — Noah suspirou, com uma expressão no rosto que ignorei.

— Não, ela tem razão — interrompeu Lee. — Eu já decidi que vou. E Shelly não pode ser proibida de ir. Portanto, nós vamos. — Senti uma vontade enorme de fazer um comentário como: "Portanto? Nossa, essa é uma palavra muito elaborada para você, Lee", mas estava bem mais interessada no que ele tinha a dizer. — Além disso, você não pode ficar vigiando os lugares onde ela vai e o que ela está fazendo dia após dia.

— Bem, a beleza das redes sociais e da função "fazer *check-in*" significa que eu posso, sim — disse Noah, em tom de brincadeira.

— Se você diz... Mas eu vou. Vai ficar tudo bem. Relaxe. Qual é a pior coisa que pode acontecer? — Lee perguntou.

— Elle pode acabar bebendo demais, sair da festa para nadar no mar e se afogar.

— Certo, mas nós não vamos beber tanto. Vou ficar de olho nela. Não somos idiotas, Noah, e você não tem o direito de achar que pode mandar nela.

— Ei, ainda estou aqui — falei. Nenhum dos dois parecia perceber que eu continuava ali, mesmo sendo o foco da conversa.

— Bem, você também não tem esse direito.

— Eu sou o melhor amigo dela — cortou Lee. — Vou cuidar de Shelly e vai ficar tudo bem.

— E eu sou o namorado dela — retrucou Noah. O músculo em seu queixo latejava. — Estou tentando mostrar o que é melhor para ela.

Eu me levantei e saí de perto deles. Isso atraiu a atenção dos dois.

Lee me chamou: — Shelly!

E Noah simplesmente disse: — Elle...

Mas eu continuei me afastando daquele nosso piquenique na praia ao fim da tarde. Não cheguei a ir muito longe, andei apenas alguns passos antes de virar para trás.

— Certo, agora escutem. Lee e eu vamos para essa festa amanhã, e nem ele nem eu vamos beber demais, porque isso simplesmente não é a coisa mais inteligente a fazer quando uma pessoa está perto do mar. E agradeço por você... por vocês dois se importarem comigo, mas... Ei! O plantão do jornal informa: não preciso que nenhum de vocês fique vigiando cada movimento que faço, nem agindo como se fossem minhas babás. Entenderam?

Era difícil saber quem parecia mais atordoado pela minha explosão: Lee ou Noah. Eu mesma estava bastante atordoada, pois não esperava esbravejar com os dois daquele jeito quando abri minha boca.

Lee foi o primeiro a se recuperar. — Desculpe.

Sorri para que ele percebesse que eu não estava brava, porque eu realmente não estava. O que me irritava mesmo era que os dois pareciam pensar que eu fosse uma garota ingênua que precisava constantemente de uma babá que a vigiasse. Eu até admito que talvez fosse ingênua, e de várias maneiras — ainda precisava crescer um pouco. Mas não era uma garota imbecil, e se os dois não parassem de agir daquela maneira, como eu conseguiria amadurecer?

Afinal de contas, é isso que as pessoas fazem: elas cometem erros. E às vezes cometem erros porque são ingênuas, e genuinamente não sabem como agir de outra maneira. Mas tudo isso faz parte do processo de crescer. Você faz algo errado, aprende com os próprios erros, e da próxima vez tenta agir de uma maneira melhor.

Por exemplo: quando Lee descobriu que eu estava namorando escondida com Noah, ele surtou, mas isso foi uma reação totalmente compreensível. Porém, quando Noah me convidou para ir com ele ao Baile de Verão, eu disse sim, mesmo sabendo que Lee ficaria bravo — com a diferença de que, na segunda vez, fiz questão de contar tudo a ele, sem esconder nada.

— Está bem — disse Noah, sem saber daquele meu monólogo interior. — Mas você tem que me prometer que vai tomar cuidado.

— Prometo — respondi, com uma expressão completamente honesta no rosto. Parece que isso serviu para acalmá-lo, porque, depois de passar um momento ou dois me fuzilando com aqueles olhos, nós três voltamos a nos concentrar nos burritos e a conversar sobre coisas que não tinham muita importância, sempre com sorrisos em nossos rostos.

...

— EU VOU ESTAR EM CASA QUANDO VOCÊS VOLTAREM — DISSE NOAH, apertando os braços ao meu redor. — O tempo vai passar voando.

Parecia que ele estava tentando convencer a si mesmo daquilo tanto quanto a mim. Por isso, simplesmente o abracei com mais força e encostei minha cabeça em seu ombro. Ouvi o som do porta-malas do carro se fechando quando Matthew terminou de colocar sua bagagem e a de Noah ali dentro.

Lee e June ainda estavam nos degraus da casa, esperando que Matthew e Noah partissem. Já estavam esperando há dez minutos para acenar enquanto o carro se afastava. E os dois não ficariam tanto tempo fora assim. Nós voltaríamos para casa dali a uns dois dias e, quando isso acontecesse, Noah e seu pai também já teriam voltado.

Se as coisas não tivessem sido tão diferentes neste ano, eu também ficaria à espera com June e Lee, nos degraus que levam à casa, despreocupada do fato de que Noah iria para o outro lado do país para passar alguns dias.

— Aposto que vou detestar aquele lugar — disse ele, ainda tentando me alegrar, ou fazer com que eu me sentisse melhor por ele estar partindo para conhecer o *campus* de Harvard. Eu sabia que, na realidade, não faria muita diferença se ele gostasse ou não do *campus*; afinal, ele havia passado em Harvard. Mesmo se a grama estivesse morta e os quartos do alojamento fossem gelados e cheios de mofo, aquela universidade era uma oportunidade boa demais para que ele a deixasse passar.

— Duvido — balbuciei, com os lábios colados na camisa dele.

— Ah, deixe disso. Um bando de caras que usam coletes e paletós de lã? Não gosto de me misturar com esse tipo de gente.

Eu ri daquela tentativa de dizer algo engraçado, mas senti que estava forçando o riso — e tive quase certeza de que ele também percebeu que aquela era uma risada forçada. Foi por isso que tentei sorrir, mas o meu sorriso acabou saindo quase como uma careta.

— Cale essa boca. Você vai adorar o *campus*.

— Ah, claro. Vou adorar ficar cercado por um monte de *nerds* bonzinhos.

Eu me afastei um pouco para lhe dar um tapa no peito, e desta vez o sorriso no meu rosto era genuíno... embora não muito largo.

— Ah, é claro. Porque você é tão malvado e mal-intencionado, não é mesmo?

— Não é incrível como o amor é capaz de acabar com a reputação de um homem? — Ele beijou minha testa pelo que devia ser provavelmente a bilionésima vez naquela manhã.

Se as coisas não fossem tão diferentes neste ano, se eu não estivesse namorando com Noah, eu nem me importaria por ele estar prestes a sair de viagem e passar alguns dias fora. E não era nem mesmo pelo fato de que ele viajaria por alguns dias — eu era capaz de passar algum tempo sem estar perto do meu namorado. Não era esse o problema.

O problema era que tudo estava acontecendo de um jeito muito errado. Embora Rachel tivesse passado alguns dias com a gente na praia, embora Noah e eu estivéssemos namorando... o fato de que Noah e seu pai estavam nos deixando antes da hora simplesmente *não parecia certo.*

Os verões da casa da praia deviam sempre acontecer com todos nós juntos, aproveitando o tempo sem termos que nos preocupar com o dia a dia longe dali, simplesmente nos divertindo. Os verões da casa da praia não deviam ser interrompidos antes da hora por viagens até o *campus* da faculdade. Tudo aquilo parecia errado, adulto demais.

E essa era outra parte do problema: Noah e eu havíamos decidido deixar para depois a conversa sobre sua ida para a faculdade. Nós dois sabíamos que ela estava se aproximando, e também sabíamos que teríamos que pensar na questão e conversar a respeito em algum momento, mas agora que ele estava realmente indo conhecer o *campus*, a sensação era de que tudo parecia bem mais real. Como se a data que marcaria o fim do nosso relacionamento repentinamente estivesse o tempo todo na minha cabeça. Ele realmente estava indo embora; tudo isso estava acontecendo *de verdade*.

Senti meu estômago se retorcer, e também um nó se formando na minha garganta. Tive aquela sensação de comichão atrás dos olhos, a mesma que sentimos quando estamos prestes a chorar. As palmas das minhas mãos ficaram umedecidas. E minha respiração estremeceu quando soltei o ar.

Se isso era o que eu sentia simplesmente ao pensar que ele ia para a faculdade, como poderia lidar com aquilo tudo quando chegasse o momento em que ele fosse partir definitivamente?

Quase como se ele fosse capaz de ler meus pensamentos tão bem quanto Lee, Noah alisou meus cabelos para afastá-los do meu rosto e deixou a mão sobre a minha pele, com o polegar acariciando minha bochecha devagar. Seus olhos azuis e elétricos penetravam nos meus com uma expressão tão intensa e indecifrável que a única coisa que consegui fazer foi olhar de volta e me perguntar, silenciosamente, no que ele estaria pensando.

— Tenha cuidado naquela festa, está bem? — murmurou ele.

Concordei com a cabeça. — Não se preocupe comigo.

— Eu me preocupo. E muito. Você é o tipo de pessoa que precisa que os outros se preocupem com você. Especialmente por ser tão desastrada.

Eu ri, e quando meus olhos se encontraram com os dele outra vez, o canto da boca de Noah se ergueu em um sorriso.

— Vou tomar cuidado, não se preocupe.

— Ótimo. — E beijou a minha testa mais uma vez.

— Divirta-se lá em Massachusetts.

— Aham — disse ele, com um tom de ceticismo na voz. — Vou tentar.

Em seguida, ele me deu um beijo nos lábios. Mas acho que estávamos superconscientes de que tanto os pais quanto o irmão de Noah estavam esperando que terminássemos de nos despedir para que os dois pudessem ir embora. Foi só um beijo rápido. Mas ainda assim suficiente para que eu sentisse os fogos de artifício explodindo dentro de mim.

Voltei até a varanda onde Lee e sua mãe estavam me esperando, antes que eu acabasse passando mais alguns momentos de melancolia junto com Noah.

Sempre achei meio patético como os casais sempre levavam uma eternidade para se despedir — e repetiam todo aquele ritual mais uma vez, e mais outra, e mais outra. Parecia uma coisa tão exagerada, cafona e demorada que até mesmo a romântica incorrigível que vivia dentro de mim não conseguia gostar tanto. Entretanto, agora que estava acontecendo comigo, passei a entender. As pessoas fazem isso porque querem alongar ao máximo a partida de quem amam. Fazem isso para tentar atrasar o futuro. Passar mais alguns segundos com quem gostam.

Assim que pisei na varanda, Lee segurou na minha mão e a apertou com força. Eu não estava chorando, mas ele parecia ter a noção exata do peso que eu sentia no peito sem precisar que lágrimas transbordassem pelos meus olhos e pelo meu rosto. Olhei para ele de lado, percebendo o seu olhar e lhe dando um sorriso pequeno, mas cheio de gratidão. Era reconfortante saber que, seja lá o que acontecesse, eu sempre teria Lee.

E eu esperava somente que, seja lá o que Noah decidisse fazer quando partisse para a faculdade, eu teria Lee ao meu lado.

— Me ligue quando chegar lá! — gritou June para o carro quando o marido deu ré para sair da rua coberta de areia que passava diante da casa. Ele ergueu a mão num gesto que dizia: "Sim, é claro!", mas a expressão em seu rosto, por outro lado, era bem clara: "Não ouvi nada do que você disse, mas tudo bem!".

Quando já não conseguíamos mais ouvir o motor do carro se afastando depois de contornar a curva na rua que levava à rodovia, June soltou um longo suspiro e voltou para dentro da casa. Lee soltou minha mão também.

— Eu me esqueci de você — disse o meu melhor amigo num tom de deboche, fingindo que estava horrorizado. — Como vou conseguir aguentar depois que ele for embora para a faculdade e largar você aqui?

A expressão que ele tinha no rosto, aterrorizada e com os olhos esbugalhados, me fez rir um pouco. — Não vou ficar toda sentida nem deprimida, não se preocupe. Além disso, nós temos uma festa para ir hoje à noite!

— É isso aí! — A mão dele se levantou para *high-five*, mas o braço de Lee amoleceu e baixou logo antes que eu pudesse bater minha mão espalmada na dele. — Ah, espere... Shelly, por favor... por favor, me diga que isso não significa que eu tenho que levar você para fazer compras!

— Bem...

— Droga! — gemeu ele, e bateu com o pé contra as tábuas velhas do piso da varanda que rangeram com o golpe. — Nós *temos* mesmo que ir?

Desta vez, eu ri bem mais alto. — Não, eu estava brincando! Acho que vou vestir só um short ou coisa assim.

— Graças a Deus! Já não basta o que eu tenho que aguentar quando estamos na cidade. Isso aqui é a casa da praia. O legal, aqui, é sair para nadar pelado, não para comprar um monte de roupas. Se bem que, no seu caso, acho que seria difícil encontrar roupas que você goste... considerando o quão indecisa você consegue ser para roupas...

— Ei!

Ele riu, com um sorriso bem brincalhão. — Viu? Já alegrei o seu dia, minha amiguinha de coração partido.

— Não estou de coração partido.

— Ainda não, porque você está em um período de negação.

— Do que você está falando? — eu ri. — Não estou negando nada, e também não estou de coração partido. Vou ver o meu namorado daqui a uns dois ou três dias, e, por enquanto, não há nada que aconteça que possa partir o meu coração.

Ele me encarou com uma expressão cética.

— Então vamos nadar.

12

ERA ESTRANHO IR À PRAIA SEM QUE NOAH ESTIVESSE POR PERTO. E também era meio estranho voltar até a casa para preparar um sanduíche na hora do almoço e ver June sentada sozinha, lendo um livro à beira da piscina, sem Matthew ao seu lado.

E então nós nos sentimos um pouco mal ao vê-la assim, já que estava tão sozinha, e decidimos passar algumas horas nadando na piscina em vez de ir para o mar. E acho que ela ficou feliz com nossa companhia, mesmo que tenha simplesmente ficado ali sentada, tomando limonada e lendo um livro de mistério.

Foi mais ou menos por volta das sete horas que decidi que deveria começar a me arrumar. Lee contou que os rapazes do time de vôlei lhe disseram no dia anterior que as pessoas provavelmente só começariam a chegar depois das oito da noite.

— E aí, já está pronta? — perguntou ele pela vigésima nona vez na última meia hora (sim, eu estava contando). Já eram quinze para às oito e eu ainda estava tirando roupas das gavetas, sentindo-me bastante indecisa enquanto tentava escolher alguma coisa.

Eu não achava que seria tão difícil escolher algo para vestir. Afinal... será que todas as garotas estariam de vestido? Será que eu pareceria uma idiota completa se aparecesse com um short e uma blusinha?

— Elle, escolha alguma coisa de uma vez! Você realmente se importa tanto com isso?

— Bem... não, mas é que...

— Mas é que o quê?

Dei de ombros. Não sabia exatamente por qual motivo estava sentindo tanta dificuldade para escolher a roupa que usaria. Eu já havia prendido o cabelo em uma trança que descia por cima de um dos ombros e estava maquiada. A única coisa com a qual eu ainda tinha dificuldade era com a roupa.

Um short, decidi com firmeza. Eu iria usar um short.

Revirei a montanha desordenada de roupas que havia brotado em cima da minha cama e no chão à minha volta, em busca do short jeans escuro e desgastado. Em seguida, peguei a primeira blusinha que meus olhos avistaram, que por acaso era uma blusa mais folgada cor de creme, com apliques florais em renda ao redor do decote.

— Certo. Estou pronta.

— Vai fazer frio — Lee me lembrou.

— Ah, certo — eu disse, estalando os dedos. Peguei também o moletom cinza com capuz e um zíper na frente que estava largado por cima do travesseiro, e logo depois enfiei os pés nas minhas sandálias.

Lee riu baixinho e se levantou de onde estava deitado na cama, atravessado sobre o colchão com os cabelos quase encostando no chão. Estava usando uma calça cáqui escura e uma camiseta branca, com um moletom com capuz exatamente igual ao meu (inclusive, o meu pertencia a Lee, na verdade. Mas eu vivia roubando aquela peça, por ser incrivelmente confortável, e ele acabou comprando outro).

— Vamos lá, então — disse ele, enlaçando o braço no meu.

— Já estão de saída, garotos? — disse a mãe dele quando passamos pela sala para sair pela porta da cozinha.

— Aham — respondemos ao mesmo tempo.

— Certo. Bem, divirtam-se. Mas tomem cuidado. — Ela já havia desfiado um manual de recomendações, dizendo para não aceitarmos bebidas oferecidas por outras pessoas, não perdermos as nossas bebidas de vista, não ficarmos bêbados demais, sobre o quanto aquele ambiente podia ser perigoso e para ficarmos juntos o tempo todo. Era como se nunca tivéssemos ido a uma festa antes.

— Que horas vocês acham que vão voltar?

— Não sei — disse Lee. — Acho que não muito depois da meia-noite. Mas não precisa ficar nos esperando.

Ela nos encarou com um sorriso que indicava que não seria capaz de fazer isso. — Vocês dois acham que vou conseguir dormir enquanto vocês estão em uma festa na praia?

— Mas já faz anos que Noah vai a essas festas — lembrou Lee. Eu conseguia ouvir o toque sutil de indignação em sua voz, como se estivesse chateado por sua mãe não o deixar fazer as coisas que Noah sempre fez.

— E daí? — disse June, rindo um pouco. — Nunca consegui dormir até que ele estivesse de volta em casa.

Houve um silêncio que durou alguns momentos, e então Lee disse: — Ah... certo.

— Não cheguem muito tarde — disse ela, de novo com aquela expressão de mãe severa no rosto.

Nós dois acenamos com a cabeça. — Está bem.

— E divirtam-se! — cantarolou June, voltando a se ocupar com o seu livro e a caneca, que eu imaginava estar cheia de café normal, não o descafeinado, se realmente estivesse disposta a ficar acordada até que voltássemos para casa.

— Até mais tarde — dissemos em resposta, e fechamos as portas de vidro atrás de nós.

A noite estava morna e não havia nenhuma nuvem no céu. As luzes azuis e vermelhas de um avião passaram piscando, e também havia estrelas brilhando contra aquele céu escuro. A imagem me fez sorrir. Senti vontade de começar a girar com o rosto inclinado para o céu daquela maneira.

— Aproveite!

E foi o que fiz. Rindo, girei com os braços abertos enquanto descia até o final da trilha de terra batida entre os arbustos, até perder o equilíbrio e cair em cima de uma moita. Lee estava rindo também, e chegou correndo para me ajudar a levantar, estendendo a mão.

Não foi difícil encontrar a festa. Já passava um pouco das oito, mas havia várias pessoas reunidas. Havia caixas térmicas cheias de gelo e duas ou três fogueiras pequenas. As pessoas tinham arrastado alguns troncos caídos para fazer círculos, e aquelas que não estavam sentadas conversavam e andavam de um lado para outro.

Conforme fomos chegando mais perto, vi que as pessoas que estavam por ali tinham idade para estar na faculdade — elas eram um pouco mais velhas que nós. Mas havia também uma quantidade enorme de garotos e garotas da nossa idade, e alguns eram ainda mais novos.

E, não consegui evitar de notar, havia várias garotas usando vestidinhos também.

Àquela altura, eu já não me importava mais. Estava ali para me divertir. Não para impressionar ninguém — especialmente os rapazes. E apesar de estar me preocupando com o que vestiria antes da festa, naquele momento, honestamente, não dava mais a mínima.

— Vamos lá — eu disse, pegando na mão de Lee e puxando-o para perto da caixa térmica cheia de gelo e latas de cerveja mais próxima. — Estou com sede.

— Ei, o que aconteceu com aquela promessa? "Não, eu não vou beber nada, não se preocupe"?

— Eu nunca cheguei a dizer isso. Disse que não ficaria bêbada, tem uma diferença enorme aí. — Eu me debrucei sobre a caixa térmica e peguei duas latas de cerveja do gelo que se derretia lentamente, entregando uma para Lee. De algum modo, ele conseguiu abrir a sua lata usando os dentes, enquanto eu me atrapalhava para abrir a minha.

— Que exibido — resmunguei, enquanto sorria.

— Ei, Lee, você veio! — Nós viramos e vimos alguém vindo em nossa direção. Já estava escuro, e por isso não consegui perceber quem era... até que chegou perto o suficiente para que conseguisse reconhecê-lo. Mas ele não pareceu ser capaz de me enxergar quando se aproximou.

— Oi — respondeu Lee, cumprimentando-o com um aceno de cabeça.

Durante todo o tempo, fiquei com os olhos arregalados, esperando que ele não se lembrasse de mim. *Esse* era o amigo de Lee? Ele, entre todas aquelas pessoas que estavam na festa?

— Quem é a sua amiga? — perguntou o rapaz, que se aproximou o suficiente para me reconhecer. — Ah, é você! A garota do vôlei que caiu em cima de mim!

— Ah... — limpei a garganta tomando um longo gole da minha cerveja. — Oi.

O cara em quem eu caí durante o jogo de vôlei e Lee riram.

— O resto da galera está em algum lugar por aqui.

— Legal. Nós dois acabamos de chegar.

O rapaz assentiu com a cabeça. A fogueira próxima do lugar onde estávamos fazia com que seus olhos ficassem de uma cor mais próxima do âmbar do que do castanho. Eu ainda estava constrangida por ter caído em cima daquele cara durante a partida de vôlei. Foi muito azar ele não ser alguém que eu nunca mais voltaria a encontrar. Que maravilha... Por isso, simplesmente fiquei ali, relembrando várias vezes, sem parar, o momento mais constrangedor da minha vida — na verdade, da manhã anterior —, e meio que olhando para o nada, mas, ao mesmo tempo, meio que olhando para ele.

Logo depois, ele concentrou sua atenção em mim, e senti meu rosto ficar vermelho, porque pareceu que eu estava olhando diretamente para ele. Não achei que seria possível, mas consegui fazer um papel de idiota ainda maior do que no dia anterior.

— Você é... Elle, não é? — ele sorriu, educadamente, ignorando o fato de eu estar praticamente com um letreiro *neon* cintilante em cima da cabeça, com a palavra IDIOTA piscando.

— Ah, sim — respondi, depois de uma pausa um pouco longa demais. E foi então que eu me lembrei de sorrir. — Sim, eu mesma. Oi.

— Você já disse oi — Lee me informou. Ele estava fazendo um esforço enorme para não explodir em uma gargalhada. Eu sabia. Conseguia ouvir aquilo em sua voz. Senti vontade de olhar para ele com cara feia, mas sabia que, se fizesse aquilo, acabaria tendo um acesso de risinhos.

— Ah, é verdade. Desculpe. Eu... — Balancei a cabeça ligeiramente, tentando afastar a confusão do meu cérebro e me esquecer rapidamente do quanto eu ainda estava envergonhada por tudo que havia acontecido. — Acho que não peguei o seu nome...

— Kory.

— Ah... legal. Oi, Kory.

— Acho que esta já é a quarta vez que você diz oi.

Dessa vez, acertei o cotovelo nas costelas de Lee, e me virei para olhar para ele.

— Muito obrigada, minha fiel calculadora humana.

Ele respondeu com uma voz robotizada: — Não-há-de-quê.

Por sorte, não fui a única que riu daquilo com força. Kory riu também, e Lee logo se juntou a nós, divertindo-se. Eu sabia que não tinha vindo até aquele lugar para impressionar ninguém, mas, por outro lado, não queria passar a noite inteira com um bando de pessoas que achavam que eu era uma idiota completa e sem qualquer graça. Estávamos ali para nos divertir.

— Vamos lá — disse Kory. — Vou apresentar vocês para algumas pessoas.

E ele realmente apresentou. Todas aquelas pessoas pareciam ter a nossa idade, ou talvez estivessem já no primeiro ou segundo ano da faculdade. Havia mais ou menos umas dez ou onze delas. Eu estava tentando associar os nomes aos rostos, mas acho que me esqueci de metade. Jack, Hunter, Laura, Miles, as gêmeas Maya e Maria, Kathleen, Nathan e Damien. As gêmeas Maya e Maria não eram de conversar muito, mas falavam com sotaque hispânico. Nathan era provavelmente o típico *quarterback* do time de futebol americano da escola: loiro, musculoso e com um rosto forte — e era "tão gay quanto possível", como ele mesmo se definiu. Laura não pareceu se importar comigo nem com Lee, especialmente depois que descobriu que ele tinha namorada.

Mesmo assim, aquele pessoal era muito gente boa. Damien parecia o palhaço do grupo, então ele e Lee se entrosaram com bastante facilidade. Conversei com alguns dos rapazes e com Kathleen. Na verdade, eu nem sabia realmente do que estávamos conversando. Não sabia nada sobre aquelas pessoas, e mesmo assim uma hora inteira passou voando enquanto conversávamos sobre praticamente todo tipo de coisas aleatórias.

Em determinado momento, Lee ficou ao meu lado e colocou o braço ao redor dos meus ombros enquanto Kathleen contava a Damien, com todos os detalhes, como eu havia caído por cima de Kory no jogo de vôlei — porque, já conhecendo o meu azar habitual, quase todas as pessoas naquele grupo tinham visto a minha tentativa de jogar vôlei.

Depois de algum tempo, Lee tomou os últimos goles da sua lata de cerveja e disse: — Vou pegar outra bebida. Quer que eu pegue uma para você também?

— Não, estou bem.

Ele passou a mão nos meus cabelos para embaraçá-los e se afastou. Kathleen foi atrás dele, dizendo que aproveitaria para pegar uma bebida também.

— E então, vocês dois estão namorando ou...?

Olhei para o cara que havia feito a pergunta. Acho que o nome dele era Hunter, mas não tinha certeza. Podia ser também Miles ou algum outro nome. — Quem?

— Você e aquele cara. — Ele indicou a direção na qual Lee havia saído com um movimento de cabeça.

— O quê? — eu disse, bufando pelo nariz. E foi uma bela bufada. Mas acho que já havia feito um papel de idiota tão grande que nem estava me importando com mais nada. — De jeito nenhum! Você está falando sério?

Ele deu de ombros. — Vocês pareciam bem confortáveis um com o outro.

— Vocês dois dariam um belo casal — emendou Nathan, piscando para mim.

Ri daquele comentário. — Você deve estar brincando. Ele é meu *amigo*. Nem em um milhão de anos a gente estaria... você sabe, *namorando*. — Comecei a rir novamente quando pensei naquilo.

O cara que talvez fosse Hunter, ou Miles, ou talvez outro nome, disse:

— Então vocês dois não estão juntos.

— Nana-nina-não — eu disse, ainda rindo.

Ele acenou com a cabeça. Qualquer que fosse o nome dele, definitivamente era uma pessoa de poucas palavras.

Mas isso não chegou a ter muita importância, porque, naquele momento, um bando de pessoas dançando em fila indiana começou a vir em nossa direção — e, quando digo que eles estavam vindo em nossa direção, é porque a fila passaria bem no meio da roda em que eu estava. Nós nos afastamos, cada um saindo para um lado ou para outro, e, por obra do destino, Talvez-Miles-Talvez-Hunter-Talvez-Outro-Nome acabou ficando do meu lado da fila.

Aquilo não seria muito incômodo se a fila não tivesse pelo menos umas cem pessoas. Eu nem havia notado que havia tantos adolescentes na praia.

Sorri para todos que passavam chacoalhando diante de mim, enquanto agitava a cabeça no ritmo da música contagiante que vinha de algum outro lugar. Mesmo assim, durante todo aquele tempo, conseguia sentir que havia alguém me observando.

Então virei a cabeça e meus olhos se cruzaram com o olhar fixo e intenso de Hunter/Miles/Outro-Nome, que estava me encarando.

— O que foi? — perguntei.

Ele deu de ombros, como se quisesse dizer "Nada de mais", mas disse, em vez disso: — Vamos para outro lugar, isso aqui está ficando meio chato.

Em seguida, simplesmente virou as costas e começou a andar para outro lugar. Eu fiquei parada ali, com as sobrancelhas ligeiramente levantadas, observando enquanto ele dava alguns passos antes de parar e virar para trás, olhando para mim novamente.

— Você vem ou não?

— Ah... não.

Foi a vez de ele erguer as sobrancelhas. Ele não disse nada, mas todos os traços em sua expressão perguntavam "por quê?", e por isso decidi emendar uma explicação. — Não vou a lugar nenhum com um cara aleatório que eu nem conheço.

O lábio superior do garoto se curvou ligeiramente para cima. Era um sorriso torto, mas não tinha realmente aquele tom de sarcasmo de Noah; estava mais para um sorriso mal-intencionado. E combinava muito bem com a risada condescendente que ele soltou em seguida.

— Eu não sou um cara aleatório qualquer.

— Olha, acho que você é, sim — insisti. Se não estivesse segurando uma lata de cerveja (vazia, aliás), eu teria cruzado os braços. Não importa quem ele fosse: Miles, Hunter, tanto faz. Eu não tinha ficado nem um pouco impressionada com suas tentativas de me paquerar ou o que fosse.

Aquele sorriso torto insuportável continuava a marcar o rosto dele.

— Ah, vamos lá, a gente só vai se divertir um pouco. Nem vamos nos afastar muito.

— Hmmm, deixe eu pensar um pouco... *Não.*

Ele até riu, mas não era o tipo de risada simpática, nem mesmo uma risada bêbada. Era o tipo de risada que me dava vontade de ranger os dentes.

Voltei a prestar atenção na fila de pessoas que passavam dançando, imaginando quanto tempo levaria até todo mundo passar por ali, e não voltei a olhar para o garoto — nem mesmo quando ele chegou bem ao meu lado.

— Eu achei que você tinha dito que aquele cara com você não era seu namorado.

— Não é mesmo.

— Então vamos até um lugar mais sossegado — sugeriu ele, baixando o tom de voz. Senti uma vontade enorme de dar um soco nele naquele momento. Em seguida, percebi que estava desejando que Noah estivesse por perto.

— Só porque aquele cara não é o meu namorado, isso não significa que eu não esteja namorando com outro.

Ele inclinou a cabeça ligeiramente para o lado, erguendo um pouco uma das sobrancelhas, como se estivesse me questionando.

E eu só disse: — Larga do meu pé.

Não consegui pensar em nada melhor para dizer. Quando as palavras saíram da minha boca, senti vontade de estapear a testa. Por que é que eu não conseguia pensar em alguma coisa sagaz para retrucar a alguém quando realmente precisava? Eu disse aquilo e fiquei me sentindo uma idiota.

As últimas pessoas daquela fila que passava dançando chegaram no momento mais oportuno; Hunter/Miles/Seja lá quem fosse nem teve a chance de abrir aquele sorriso cruel outra vez para mim antes que eu passasse por trás da fila. Do outro lado, Lee estava rindo com Damien e Nathan; Maya (ou talvez Maria) havia aparecido também, e estava conversando com Kathleen.

Respirei aliviada e me aproximei de Lee, ficando ao seu lado.

— Oi — disse ele, distraidamente. Em seguida, depois de uma olhada rápida pelo canto do olho, ele parou de escutar o que Nathan estava dizendo e me encarou com uma expressão séria. — O que foi?

Balancei a cabeça negativamente. — Nada. Está tudo bem. Só... — fiz um gesto meio vago por cima do ombro. — Só um cara agindo feito um idiota.

Damien olhou ao redor, e me disse: — Ah, sim. Hunter, às vezes, age desse jeito com as garotas. É só ignorar.

— Age de que jeito? — perguntou Lee, e sua expressão foi ficando ainda mais séria.

Damien deu de ombros, como se não conseguisse encontrar a palavra certa para descrever a situação. Nathan acabou completando: — Insistente.

A lata de cerveja que Lee segurava se amassou um pouco, com um barulho estridente que acabou fazendo com que Nathan e eu nos assustássemos. Lee estava com uma expressão bem irritada, os olhos encobertos pelas sombras da noite e o queixo tensionado. Naquele momento, ele ficou estranhamente parecido com Noah.

Coloquei a mão no braço dele e o apertei com carinho. — Fique tranquilo. Está tudo bem.

— Ele fez alguma coisa com você?

Ri daquela pergunta, mas não era exatamente minha risada normal. — Não! Não seja bobo. E acalme-se de uma vez. Olhe, ele já foi embora. Deve estar em algum outro lugar a essa altura.

Demorou alguns segundos, mas a expressão de Lee suavizou, e logo depois havia também o toque de um sorriso por ali. Apertei seu braço outra vez e, quando ele olhou para mim, revirei os olhos, para indicar que ele estava reagindo de um jeito exagerado e sendo bobo. Ele simplesmente sorriu e bateu com o quadril no meu, sabendo exatamente no que eu estava pensando. Então, Nathan disse:

— Ei, vocês dois, estou falando sério. Arranjem um quarto.

13

DEVIA SER MAIS OU MENOS ONZE HORAS DA NOITE. O CÉU ESTAVA limpo e sem nuvens, mas a escuridão noturna tomava conta de tudo. Algumas pessoas tinham ido embora, e muitas outras pareciam estar relaxando, deitadas sobre a areia e bebendo o que ainda restava do álcool da festa.

Àquela altura, eu já me sentia um pouco alta. Não estava bêbada, eu ainda tinha noção do que fazia e dizia. Mas estava com aquela sensação que vem depois que bebemos um pouco: as estrelas pareciam brilhar com um pouco mais de intensidade, as piadas de Damien pareciam mais engraçadas, e parecia mais fácil conversar com outras pessoas.

— Bem, isso aqui está começando a ficar uma chatice — anunciou Kory, levantando-se do lugar onde havia se deitado. Ele bateu a areia presa em seu cabelo com uma das mãos.

— Que nada — discordou Maria (ou Maya). — É legal ficar aqui desse jeito, sem fazer nada. Em paz. Quase dá para sentir o mundo girando.

Alguns de nós riram daquilo, incluindo Maria (ou Maya). Mas Kory se levantou e bateu a poeira das suas calças também.

— Vamos nessa — disse ele.

E nós fomos. Levantamos e o seguimos para um lugar que ficava a uma certa distância dos grupos de pessoas na festa. Havia ali uma fogueira que estava quase se apagando, e alguns troncos de árvore tinham sido dispostos ao redor como se fossem bancos. Eu me sentei em um deles, entre Nathan e um rapaz ruivo que eu tinha quase certeza que se chamava Miles. Lee sentou-se do outro lado da fogueira, junto com Kory e Damien, e Kathleen e Maria (ou Maya) se sentaram em outro dos troncos, junto com aquele babaca que agora eu sabia que se chamava Hunter.

Depois de jogar no fogo um pouco de galhos e pedaços de madeira que a correnteza do mar trazia até a praia, Miles disse: — Ei, que tal umas rodadas de "verdade ou desafio"?

— Claro! — disseram todos, concordando com a cabeça. Eu me esgueirei para ficar numa posição mais confortável naquele tronco, sentindo o frescor do ar da noite.

— Eu vou primeiro! — anunciou Kathleen. — Hmmm... Kory! Verdade ou desafio?

— Verdade.

— Se você fosse gay, qual dos rapazes desta roda você beijaria?

Ele fez uma cara pensativa quando ouviu a pergunta. — Espere aí, o que acontece se eu não responder? Vou ter que pagar um castigo?

— No seu caso, vou dizer que você vai ter que beijar o cara que teria escolhido. Você decide.

Alguns de nós riram, e Nathan sussurrou no meu ouvido: — Espero que ele se recuse a responder e tenha que me beijar, então!

Apertei os lábios para não rir da situação.

— Damien — respondeu Kory após algum tempo, com um tom de voz meio brusco e uma expressão ligeiramente séria no rosto. — É a minha vez. Maria, verdade ou desafio?

— Verdade.

— Conte qual foi a ocasião em que você sentiu mais vergonha em toda a sua vida. E não poupe detalhes.

As bochechas morenas de Maria ficaram rosadas. — Ah... certo. Está bem. *Argh*, odeio você por causa disso, Kory. Certo. Bem, quando eu estava no segundo ano do ensino médio, um garoto me fez tropeçar na cantina e... bem, eu acabei derrubando todo o meu almoço em cima da capitã da equipe de líderes de torcida.

— Ah, mas a história não acaba aí — riu Kathleen. — Continue!

Maria a olhou de cara feia, mas acabou abrindo um sorriso. — E minha calça se rasgou quando eu caí.

Houve um momento de silêncio. Em seguida, todos nós explodimos em gargalhadas.

— Ah, meu Deus! — eu disse, chocada. — Você está falando sério?

Kathleen confirmou com a cabeça, rindo. Maria a cutucou com o cotovelo, mas estava rindo também.

— Agora é a minha vez — disse Maria. — Mas... Kory, vou lhe dar o troco por ter me perguntado isso.

— Fique à vontade para tentar. — Ele piscou para ela, e duvido que fui a única que percebeu que suas bochechas ficaram ainda mais rosadas do que antes.

— Certo — disse ela. Percebi que ela falava a palavra "certo" com bastante frequência. — Miles.

— Sim?

— Verdade ou desafio?

— Desafio.

— Ahhh, certo, certo! — disse ela, rindo. — Desafio você... a... Ah, meu Deus, sou péssima para pensar em desafios.

— Eu tenho uma ideia — disse Hunter, entrando na conversa. — Está vendo aqueles caras ali na frente?

Ele apontou e nós todos olhamos para lá. Miles respondeu com um meneio de cabeça. — Vá puxar a calça de um deles até o chão.

As sobrancelhas de Miles se ergueram. — Mas aqueles caras são enormes.

Hunter deu de ombros. — Mas provavelmente já estão bêbados.

Miles soltou um longo suspiro. — Se eu ficar com um olho roxo por causa disso, cara... Você está ferrado.

Todos nós ficamos olhando enquanto Miles se aproximava do grupo de rapazes. Ele olhava por cima do ombro a todo momento, como se esperasse que um de nós dissesse que não precisava cumprir o desafio. Mas os rapazes daquele grupo não perceberam que ele estava se aproximando.

Em seguida, com um movimento rápido, ele segurou e baixou as calças cáqui do cara que estava mais próximo e deu meia-volta, correndo tão rapidamente em busca da segurança da nossa pequena fogueira que tropeçou e caiu de cara na areia, rolando para frente. Meus olhos demonstraram todo o meu pânico e eu me perguntei se ele estaria bem, e ouvi Maria dizer: — Ah, meu Deus! Ele está bem? — Mas os outros garotos simplesmente riram de Miles.

Ele já estava em pé depois de alguns segundos, e suas pernas pareciam se agitar loucamente enquanto voltava correndo até onde estávamos. O cara cujas calças agora estavam nos tornozelos era burro demais, ou estava bêbado demais para puxá-las para cima antes de tentar correr atrás de Miles. Naquele momento, eu tive que rir. Lee se curvou para trás e acabou caindo do tronco de tanto rir, e eu não era a única que estava se desfazendo em gargalhadas quando Miles desabou no chão ao meu lado.

— Agora... é a... minha... vez — disse ele, ofegante. — Nathan. Verdade ou... desafio?

O jogo continuou por mais ou menos meia hora. Lee foi desafiado a encher a boca com o máximo de *marshmallows* que pudesse, depois que Kathleen saiu para pegar os apetrechos e ingredientes para assar os doces na fogueira. Eu tive que responder a uma "verdade": quando foi o meu primeiro beijo? Mas foi bem divertido... Quando o assunto eram "verdades", eu não tinha muitos problemas em compartilhar coisas com aquelas pessoas estranhas, por mais constrangedoras que fossem. Eu não voltaria a vê-las novamente, então por que devia me importar com o que elas pensavam a meu respeito?

Tudo estava indo bem até Hunter dizer: — Elle. Verdade ou desafio?

Respondi: — Desafio. Não! Não, espere. Verdade!

— Ah, tarde demais — disse Kory naquela voz irritante, cantarolando a frase. — Você já tinha dito "desafio".

— Eu desafio você a... ir nadar pelada — disse Hunter.

Pisquei, e depois pisquei de novo. Até finalmente dizer: — O quê?

— Você sabe... nadar pelada — repetiu ele. — Dar um mergulho sem roupa no mar.

Olhei para trás, por cima do ombro, na direção do mar. Estava tão escuro quanto o céu. A única forma de distinguir os dois era a espuma branca nas cristas das ondas.

— Hmmm... — eu disse, ficando em pé. Tentei firmar os dedos no zíper do meu moletom. Eu sabia que aquela não era uma ideia muito boa. Além disso, a água do mar estaria completa e insuportavelmente gelada.

— Shelly, sente-se aí — disse Lee. Encarando Hunter, ele retrucou: — Cara, ela não vai fazer isso de jeito nenhum. E se ela se afogar? Por um acaso você é ainda mais idiota do que parece?

Hunter encarou Lee com uma expressão enfezada. — E que diabos você tem a ver com isso, hein? Não é o dono dela.

Lee fez um gesto negativo com a cabeça. — Uau — disse ele, com um riso debochado. — Você é bem mais idiota do que eu pensava.

Hunter se levantou com um movimento rápido. Em uma fração de segundo, Lee também se levantou. Os dois ficaram ali, se encarando.

— Você não precisa agir como o substituto de Noah — murmurei, mas alto o bastante para que Lee ouvisse, já que o resto do nosso pequeno círculo estava mergulhado no silêncio. — Um já é o bastante.

Vi alguma coisa passar pelo rosto do meu melhor amigo. Era uma mistura de vontade de rir e de revirar os olhos para mim. Mas ele se esforçou bastante para continuar encarando Hunter.

— Você não é o dono dela — repetiu Hunter. — E eu fiz o desafio de ela ir nadar pelada. Se não aceitar, ela pode pagar um castigo.

— Eu não disse que mando nela — respondeu Lee, com a voz morbidamente calma e tranquila. — Mas tenho que cuidar dela. Se você acha que eu vou deixar a minha melhor amiga arriscar a vida por causa de um desafio idiota só para que você possa rir da cara dela, está redondamente enganado.

— Eu pago o castigo — eu disse, rapidamente, antes que Hunter explodisse. Seu rosto estava ficando cada vez mais irritado, e a veia em sua têmpora estava pulsando, mais nervosa a cada palavra que Lee dizia. — Eu já disse que pago o castigo, garotos. Parem com isso.

— Vocês têm que se beijar. Esse é o castigo — disse Nathan, apressadamente, antes que Hunter tivesse a chance de abrir a boca.

— O quê?! — exclamei, girando a cabeça em um instante para olhar para ele. — Você só pode estar brincando.

— Não com Hunter — esclareceu ele, sorrindo. — Você e Lee.

— *O quê?* — Lee e eu gritamos ao mesmo tempo dessa vez. E emendei: — Cara, agora tenho certeza de que você está brincando.

— De jeito nenhum. — Nathan negou com a cabeça, e seu sorriso foi ficando cada vez mais largo. — O seu castigo por recusar o desafio é beijar o Lee.

— Por que vocês estão me envolvendo nisso? — quis saber Lee.

— Você não teve nenhum problema em se envolver onde não foi chamado agora há pouco — resmungou Hunter.

— Sim, mas... mas... — comecei a responder.

Lee disse: — Mas eu tenho namorada. Não posso...

— E eu tenho namorado.

— E daí? — disse Kory, dando de ombros. — Nem o seu namorado ou a namorada dele estão aqui, não é mesmo? E é só um desafio inocente. Ninguém precisa ficar sabendo, não é?

— Mas...

Eu conseguia sentir meu coração batendo mais rápido pelo asco, ele estava praticamente subindo até a minha garganta. Com certeza isso era apenas um sonho esquisito e tudo terminaria... eu acordaria a qualquer segundo. Eu... eu tinha bebido demais e havia desmaiado, e agora estava tendo um sonho bizarro, era tudo.

Eu me belisquei. Nada.

Era real. Tudo estava acontecendo de verdade.

Mas eu não podia fazer isso. Não podia! Aquele era o *Lee*. O meu melhor amigo, o garoto que cresceu junto comigo, o mesmo que envelheceria comigo. Eu não podia simplesmente beijá-lo! Isso era... era simplesmente ridículo!

Além disso, era estranho de outras maneiras também. Afinal de contas, ele era o irmão do meu namorado! Com certeza havia alguma regra nos relacionamentos dizendo que era proibido beijar o irmão do namorado.

Eu sabia que aquilo era somente um jogo de verdade ou desafio, que eu poderia dar as costas para aquele pessoal e ir embora. Mas havia alguma coisa que estava prendendo meus pés ao chão e me impedia de perceber, com toda a clareza, que eu podia simplesmente dar meia-volta e ir embora.

Era um desafio. Eu nunca havia recusado um desafio, a menos que fosse algo imensamente estúpido. Como sair para nadar pelada no mar à meia-noite depois de beber álcool. Talvez eu ainda estivesse um pouco bêbada, mas tinha certeza de que, mesmo que estivesse completamente e totalmente embriagada, ainda saberia que aquilo era uma péssima ideia.

— Não vai me dizer que você preferiria que Hunter lhe desse o castigo — murmurou Nathan na minha orelha quando se levantou para ficar ao meu lado.

— Eu... eu acho que não — balbuciei em resposta. — Mas por que você foi escolher logo...?

— Querida, vocês dois são o casal mais fofo que eu já vi. Nunca tentaram nada assim?

— Não, porque...

— Bem, nesse caso, vocês nunca saberiam. E se for amor verdadeiro, você pode me agradecer depois. — Em seguida, levantando a voz o suficiente para que os outros pudessem ouvir, Nathan disse: — Andem logo, vocês dois. Não quero ver ninguém dando para trás agora. O suspense está crescendo. A tensão está no ar. Vocês sabem o que fazer.

Ele me deu um empurrão discreto e eu avancei com passos meio trôpegos antes de sentar no tronco ao lado de Lee.

— Bem... — disse ele.

— Bom... — eu respondi.

Eu observei o rosto dele por um instante e tive certeza absoluta de que estava pensando exatamente o mesmo que eu: *Isso é esquisito demais.*

Não que Lee não fosse atraente. Na verdade, ele se parecia muito com Noah, com aqueles olhos azuis e os cabelos escuros que eram tão difíceis de domar. Tinha traços fortes em suas feições, assim como Noah, mas havia algo mais suave, um pouco mais amistoso no rosto de Lee, espalhado por entre todas aquelas sardas. Eu estava perto o bastante para poder sentir seu cheiro, um cheiro que eu seria capaz de reconhecer em qualquer lugar, já que o conhecia desde sempre. Ele estava com o cheiro da loção pós-barba que sempre usava, combinado com o cheiro do seu xampu, e também com um toque de areia, cerveja e mar.

Eu não podia beijá-lo. Isso era muito...

— Pronto.

Eu pisquei e nem vi quando aconteceu. Acho que ele nem mesmo chegou a encostar os lábios nos meus por tempo o bastante para que aquilo fosse considerado um beijo.

— Não, assim não vale! — disse Damien em tom desafiador. — Isso é o tipo de beijo que você dá na sua avó. Vire homem, rapaz.

Lee torceu o rosto em uma careta para mim, e eu tive que sufocar uma risadinha.

Todos eles estavam nos pressionando. E, pensando bem, um beijo, por menor e mais inocente que fosse, entre amigos, não destruiria os nossos relacionamentos, e nem mesmo importaria. Mesmo assim... ainda era uma coisa muito esquisita. Algo que dava a sensação de ser muito errado. E assustador também.

Afinal... e se aquilo deixasse as coisas permanentemente esquisitas entre nós dois? E se um único beijo fosse o bastante para estragar tudo?

Eu ouvi Lee suspirar, e como ele estava sentado bem perto de mim, senti seu hálito se espalhar pelo meu rosto e pelo meu pescoço. Aquilo causou um arrepio que percorreu minha coluna de cima a baixo. Em seguida, ele me olhou com uma careta: a boca repuxada para cima de um lado e uma expressão de impotência. Minha expressão era exatamente a mesma, e dei de ombros.

— Bem... — balbuciou ele, com a voz suficientemente baixa para que apenas eu conseguisse escutar. — Nunca vão poder dizer que não tentamos.

E eu simplesmente pensei: *Ele vai me beijar.*

14

MEU PRIMEIRO BEIJO HAVIA SIDO COM NOAH, NA BARRACA DO BEIJO. O hálito dele tinha o sabor de hortelã e algodão doce, e eu me senti totalmente perdida porque nunca havia beijado outro rapaz antes. Com certeza eu havia praticado bastante desde aquela ocasião. Mesmo assim, Noah continuava a ser o único homem que eu tinha beijado na vida.

O hálito de Lee tinha gosto de cerveja e *marshmallow*.

Era uma combinação bem esquisita. Não necessariamente ruim, acho, porque provavelmente o meu próprio hálito também estava com gosto de cerveja. Mesmo assim, era uma sensação bem estranha.

Além disso, havia a sensação de que aquilo era errado.

Com Noah, eu sentia como se houvesse fogos de artifício explodindo dentro de mim. Ele fazia o meu coração bater mais rápido.

E mais de uma pessoa havia me perguntado: como eu sabia que aquela sensação era parecida com a de fogos de artifício estourando, que havia uma espécie de faísca?

Eu nunca havia beijado nenhum outro garoto para poder comparar as experiências.

Mas isso simplesmente não era certo. Talvez eu estivesse pensando aquilo apenas porque era Lee. Mas percebi que aquele beijo não me causava a mesma sensação de quando eu beijava Noah.

Meus olhos não estavam bem fechados, e eu abri o olho esquerdo um pouco mais. Nem sei por que fiz isso, simplesmente abri.

E os olhos de Lee estavam abertos, também. Ele agitou as sobrancelhas para mim, o que me fez rir — e mordi o lábio dele. Por acidente, é claro. Mas mordi.

— Ai! — exclamou ele, afastando-se. — Shelly!

— Você me fez rir! — eu disse, na defensiva. — A culpa é sua!

Quando eu disse aquilo, Lee pulou em cima de mim, prensando meu corpo na areia. Ele se sentou sobre minhas pernas e segurou meus braços acima da minha cabeça.

— Saia de cima de mim, seu chato! Você está enchendo o meu cabelo de areia! — eu disse, tentando me debater para conseguir escapar. — Você é pesado demais!

— É o troco!

— Lee!

— Elle! — disse ele, tentando me imitar com uma voz em falsete, que não se parecia em nada com a minha voz de verdade. Franzi a testa, mas parei de me contorcer, já que não estava conseguindo me livrar dele. Ele se curvou por cima de mim de modo que sua boca chegasse bem ao lado da minha orelha. Estava tão perto que, quando falou, consegui sentir os seus lábios fazerem cócegas na minha bochecha.

— Foi impressão minha ou o que acabamos de fazer foi totalmente bizarro?

Soltei a respiração junto com uma risada, e subitamente me senti bem mais leve. Realmente aliviada. Fiquei completamente aliviada por ele ter achado a mesma coisa. Por Lee não achar que havia mais alguma coisa naquele beijo além da sensação de que era esquisito. Era difícil explicar por que eu estava tão aliviada. Simplesmente me sentia assim.

— Não foi impressão sua — sussurrei de volta, sorrindo.

Ele riu um pouco, e parecendo tão aliviado quanto eu.

— Lee?

— Hmmm?

— Tipo... você está me esmagando.

— Ha-ha.

E mesmo assim ele não saiu de cima de mim.

— Credo, gente — disse Kathleen, talvez com um toque de irritação na voz. — Achem um quarto de uma vez.

Nós dois rimos e Lee desabou completamente por cima de mim, rolando para o lado. Ficamos deitados na areia, lado a lado, rindo e olhando para o céu e as estrelas com sorrisos bobos no rosto.

— Bem, nunca vão poder dizer que não tentamos, não é mesmo, Elle? — disse Lee.

— Você tem toda razão.

— E aí? — perguntou Nathan depois de um momento de silêncio.

— Esquisito — dissemos o meu melhor amigo e eu, juntos. Uns dois ou três que estavam ali riram.

— Agora é a sua vez, Elle. Mande alguém escolher verdade ou desafio — disse Miles.

Resmunguei, rolando de lado e colocando as mãos embaixo da cabeça, com os dedos entrelaçados para improvisar uma espécie de travesseiro. — Ah, eu não conheço desafios que sejam tão bons. E todo mundo já pediu as melhores verdades. Pode passar a minha vez para alguém. Estou cansada.

— Cara, o que houve? Você está com uma concussão? — perguntou Lee, e voltei a abrir os olhos para vê-lo deitado de lado, olhando para mim com uma expressão preocupada, mas de maneira meio melodramática. Eu não sabia dizer com certeza se ele estava falando sério ou não.

— E por que diabos eu estaria com uma concussão?

— Por causa do meu talento incrível para beijar — sugeriu ele, dando de ombros com um ar descuidado.

Dei uma risadinha. — Só se for na sua imaginação.

— Ah... meu... Deus. Vocês passam o tempo todo flertando desse jeito, e mesmo assim... nada?! — exclamou Kory. Acho que Nathan não era o único que pensava assim.

— Não é flerte — Lee afirmou.

— É brincadeira — finalizei.

Ri sarcasticamente e fechei os olhos outra vez. Senti subitamente meu corpo inteiro pesado, e uma dificuldade cada vez maior de manter os olhos abertos. Desde quando eu estava sentindo todo esse cansaço? Eu sabia que não era a coisa mais inteligente do mundo dormir deitada na areia, no meio de uma festa. Mas eu não estava conseguindo voltar a abrir os olhos, ou obrigar o meu corpo a se sentar...

Bocejei. Senti uma mão afastar os cabelos que estavam por cima do meu rosto, e em seguida pousar sobre a minha clavícula.

Por mais cansado que o meu corpo estivesse, ainda assim minha mente estava viva e alerta, trabalhando aceleradamente e com pensamentos que se atropelavam. Porque eu tinha acabado de beijar o meu melhor amigo. Eu tinha acabado de beijar o Lee. E não havia sido só um selinho. Foi um beijo de verdade. E preciso admitir que foi ótimo. A diferença é que... bem, não havia nenhum sentimento envolvido.

De um modo estranho, eu até que estava feliz por termos feito aquilo. Era como se agora eu pudesse ter certeza de que nunca haveria nada além de amizade entre nós dois. E eu gostava disso. Honestamente, gostava mesmo. Queria que as coisas sempre fossem iguais entre nós, por mais que houvessem altos e baixos e também algumas discussões e bate-bocas. Havíamos passado pelos dezessete anos mais difíceis das nossas vidas, e qualquer pessoa que dissesse que deixaríamos de ser amigos depois disso, não conhecia nada sobre nós.

Mas isso não mudava o fato de que havíamos atravessado uma linha invisível que devia estar descrita no livro de regras para a convivência dos melhores amigos. Porque havíamos nos beijado — e não havia como voltar atrás.

Eu não conseguia decidir qual das descrições era a pior: o fato de eu ter beijado o meu melhor amigo, ou o fato de ter beijado o irmão do meu namorado. As duas faziam o meu estômago se retorcer de culpa.

As coisas, com certeza, continuaram normais depois que nos beijamos, mas...

"*Mas*". Às vezes eu detesto essa palavra.

Mas o que aconteceria amanhã, ou depois de amanhã, ou em algum dia depois daquilo, se as coisas começassem a ficar estranhas? E se as coisas não fossem mais as mesmas entre nós?

"E se" era outra expressão irritante que eu detestava.

— Psiu.

— Hmmm? — eu respondi, cansada demais para responder de um jeito decente.

— Pare de se preocupar — sussurrou Lee, e pressionou o dedo na minha testa marcada por linhas de expressão. Até aquele momento, eu não havia me dado conta de que estava franzindo a testa. Abri um olho entristecido para ele, e, como era o melhor amigo que uma pessoa pode ter, Lee leu meus pensamentos com toda exatidão.

— Vai ficar tudo bem — sussurrou para mim, e afastou novamente os cabelos que cobriam meu rosto. — Prometo que vai. — E levantou o dedo mindinho para selar a promessa.

A minha boca se torceu em um sorriso. Eu estava cansada demais para dar uma risada de verdade. Mas tirei a mão que estava embaixo da cabeça para enganchar meu dedo mindinho no de Lee e, logo depois, voltei a me acomodar na areia.

Os "mas" e os "e se" ainda estavam fervendo na minha cabeça, mas eu já estava mais tranquila agora, mais serena. Aquele beijo bobo não destruiria toda a nossa vida, nem estraçalharia a nossa amizade.

Sou muito idiota às vezes. Eu me preocupo demais.

Eu não tinha noção de que havia pensado em voz alta até Lee dizer:
— E você só percebeu agora? — E deu um peteleco na minha testa.

Tenho quase certeza de que, quando caí no sono, estava sorrindo.

...

— AH! — GRITEI, E LEE SE ASSUSTOU TANTO QUE ME LARGOU NO CHÃO.

— Credo, Elle! — disse ele, levando a mão ao peito. — Não me assuste desse jeito.

— Bem, então não me pegue no colo enquanto eu estiver dormindo — retruquei, mas o meu tom de voz acabou perdendo o efeito quando terminei a frase com um bocejo enorme. Eu me levantei do lugar onde Lee havia me deixado cair na areia, uma queda de meio metro, e me espreguicei, esticando os braços e as pernas enrijecidos. Ainda estava escuro e havia algumas pessoas por perto, então eu provavelmente não tinha dormido por muito tempo.

— O que você está fazendo?

— Voltando para casa, não é? Já é quase uma hora da manhã, e eu acho que você deve se lembrar do que minha mãe disse: ela vai ficar acordada até a hora que voltarmos. Além disso, você está dormindo, e eu estou cansado.

— Correção: eu estava dormindo.

— Ah, é verdade. Agora você está só sendo rabugenta.

— Não estou sendo rabugenta — rebati.

— Ah... está sim. Pode acreditar no que digo. Bem, vamos embora.

— Você vai me carregar?

— Não.

Eu fiquei emburrada e voltei a me sentar na areia. Sentia as pernas duras e estava cansada. Lee caiu com um som abafado ao meu lado e cruzou as pernas. Juntei um punhado de areia e deixei que ela escorresse por entre os dedos. A brisa da noite levava a areia para longe, criando desenhos estranhos no ar.

— E o resto do pessoal? Para onde eles foram?

Lee deu de ombros. — Kathleen e Hunter acabaram ficando juntos e deram uns beijos. Nathan recebeu uma ligação do namorado. Os outros simplesmente se dispersaram, e eu disse que ia levar você de volta para casa. Depois, quando a peguei nos braços, você acordou, e... aqui estamos.

— Certo — eu disse, em meio a outro bocejo. — Quer dizer então que temos que voltar para casa?

Lee fez que sim com a cabeça. — Provavelmente.

Ele se levantou e estendeu a mão para me ajudar a levantar.

— Posso ir montada nas suas costas?

— Hmmm... não.

Eu ri, mas bocejei novamente no meio da risada. Enlaçando o meu braço no de Lee, encostei a cabeça no ombro dele e começamos a voltar pelo mesmo percurso que havíamos feito, passando pela praia e indo em direção à casa.

15

— VOCÊS CHEGARAM BEM TARDE, CRIANÇAS — DISSE A MÃE DE LEE quando estávamos sentados à beira da piscina comendo as rabanadas que ela tinha preparado para o café da manhã. O céu estava bastante carregado, e estávamos escutando a previsão do tempo no rádio para aquela manhã. O locutor dizia que teríamos "chuvas torrenciais no decorrer do dia". Acabamos decidindo que a piscina seria a melhor opção, caso a chuva ficasse forte demais.

Além disso, June não queria que entrássemos no mar e corrêssemos o risco de nos afogar, caso uma tempestade desabasse sobre a praia.

Em resposta a esse comentário, Lee resmungou alguma coisa que soava como "desculpe" com a boca cheia, e eu simplesmente dei de ombros.

— E então? Como foi a festa?

— Foi boa — respondi, sorrindo, enquanto me servia de mais uma dose de suco de laranja. — Conhecemos uma galera muito legal e ficamos conversando com eles.

— Aconteceu alguma coisa interessante?

Meus olhos apontaram instantaneamente para Lee, e minha mão parou quando eu já estava quase encostando o copo de suco de laranja nos lábios. Ele estava olhando para mim também. Quase no mesmo instante em que nossos olhares se cruzaram, mas continuamos dando atenção ao nosso café da manhã.

— Não — falou Lee, engolindo o que tinha na boca. — Nada de mais.

— Ah — disse June, aparentemente em dúvida com aquela resposta, como se não tivesse certeza de que "nada de mais" havia acontecido mesmo. Ela provavelmente pensou que alguma coisa havia acontecido, e estava tentando apenas decidir o quanto essa "alguma coisa" foi ruim, e se valeria a pena nos pressionar para que contássemos o resto da história. Bem, ficou claro que ela decidiu que não queria saber, ou que não valia a pena saber, já que disse: — Alguém vai querer mais rabanada? Não sei como está a fome de vocês, mas eu estou faminta!

— Claro — dissemos, simultaneamente. — Obrigado.

Quando ela voltou para a cozinha e o barulho das panelas fazendo as rabanadas era alto o bastante para que não conseguisse nos ouvir, Lee se aproximou de mim e disse:

— Você acha que ela percebeu que aconteceu alguma coisa?

Eu simplesmente ergui as sobrancelhas e olhei para ele.

— Acho... — Ele retorceu a boca um pouco e enrugou o nariz antes de engolir um pouco de suco de laranja.

Na noite passada, nós não conversamos muito sobre o beijo.

Embora o quarto de Noah estivesse vazio, Lee e eu continuamos dividindo o outro quarto. Não dormiríamos em quartos separados simplesmente porque havia um cômodo vazio na casa. Não era certo... Mas nós dois nos trocamos, nos deitamos em nossas camas e ficamos deitados no escuro. Passei mais de uma hora sem conseguir pegar no sono, e sabia que Lee continuava acordado também. "Você está acordado?", frase que repetíamos de vez em quando, era o máximo que a conversa avançava.

Mas não havíamos falado sobre o beijo. E também ainda não havíamos tocado no assunto na manhã de hoje.

— Só uma coisa — sussurrou Lee, com a cabeça ainda próxima da minha.

— Nunca falar sobre o que houve com ninguém?

Ele fez que sim com a cabeça, com os cantos da boca se erguendo discretamente num sorriso. — Exatamente. Porque, bom... você sabe... não quero ofender nem nada, mas não foi... você sabe.

— Sei.

— Ainda tem suco aí fora? — June voltou a aparecer sob o vão da porta por um momento e Lee se endireitou em sua cadeira.

— Se Lee parar de beber como se fosse um camelo no deserto, sim.

— Eu estava pensando, já que estamos perto do mar... e os peixes? Será que eles bebem água? Falando sério, sabe? Eles vivem na água, então como é que conseguem beber água? Ou eles simplesmente absorvem a água que seus organismos precisam das coisas que comem?

Eu tentei acompanhar o raciocínio dele. Lee falava tão rápido, sobre um tópico tão aleatório, que eu mal conseguia raciocinar.

— Ei... espere. Do que você está falando?

— Bom, tudo começou com os camelos, que vivem no deserto, que é um lugar cheio de areia. Na praia também tem areia, e depois da areia está o mar, e é lá que vivem os peixes. E você falou que eu estava bebendo igual a um camelo.

Revirei os olhos e balancei a cabeça. — Ah, desculpe. Eu não sabia que você era tão interessado nos animais.

Lee riu e fez uma careta para mim. Tive a impressão de que ele estava zoando com a minha cara, e mostrei a língua. Nós dois já estávamos sem fôlego de tanto rir quando June trouxe para a mesa um prato cheio de rabanadas frescas. E isso foi basicamente o máximo que conversamos a respeito daquele beijo.

Imaginei que aquilo provavelmente seria uma das histórias engraçadas que contaríamos no dia de Ação de Graças dali a alguns anos (ou melhor, dali a muitos anos. Quando tivéssemos mais de trinta, provavelmente) e todo mundo iria rir, pois aquela seria somente uma história aleatória que não teria importância ou que não faria muita diferença para ninguém.

Mas, durante os próximos treze anos, nenhum de nós diria uma única palavra a respeito.

E estava bom assim, para dizer a verdade. Eu já tinha um monte de coisas na cabeça; particularmente, o fato de que Noah se mudaria para o outro lado dos Estados Unidos para fazer faculdade.

Ele me ligou quando estavam pegando o carro que haviam alugado no aeroporto, e me mandou algumas mensagens de vez em quando, mas não havíamos conversado de verdade desde então. Fiquei me perguntando se ele estava gostando do lugar, se adorou ficar lá, se conseguiria esperar setembro chegar. Se ele havia pelo menos pensado em nós depois de chegar lá.

Deslizei a ponta do dedo pela lateral do meu copo, fazendo desenhos por entre as gotas na superfície do vidro.

— Ei, o que houve?

Dei de ombros. — Só estava pensando em Noah.

Lee revirou os olhos. — E você vem dizer que eu sou o cara carente e pegajoso.

— Eu nunca disse que você... ei! Eu não sou carente e pegajosa!

— Ah, claro. Continue repetindo isso para si mesma até acreditar.

Olhei para ele com cara de brava, mas ele sorriu para que eu soubesse que estava apenas brincando. Minha careta acabou se desfazendo e gradualmente se transformou em um sorriso.

...

NAQUELA NOITE, JUNE PREPAROU O JANTAR COM TODAS AS SOBRAS de comida. Não havia muita coisa na verdade, mas parecia haver uma quantidade enorme de bebidas geladas, saladas e sorvete. Não foi o jantar mais saudável da minha vida, com exceção da tigela gigantesca de salada, mas mesmo assim foi uma refeição incrível.

Nós não fazíamos tanto esforço na limpeza e arrumação da casa a ponto de deixá-la brilhando. De algum modo, a areia sempre parecia voltar. Assim, parecia não ter muito sentido varrer o chão e passar o aspirador em cada canto até tirar os últimos grãos de areia. Claro, demos uma limpada geral em tudo, mas nenhum de nós trabalhou com muito cuidado, já que teríamos simplesmente que limpar tudo de novo no ano seguinte.

Assim, depois de colocar a casa novamente em ordem e preparar tudo que conseguiríamos comer até às seis da tarde, começamos a fazer as malas para ir embora.

Eu sempre tive dificuldade quando precisava fazer as malas para ir à casa da praia.

Sempre.

Mas ter que arrumar as malas para ir embora depois de passar alguns dias? Nem tanto.

Guardar minhas roupas e apetrechos nas malas na véspera de irmos embora, ano após ano, nunca foi nem remotamente tão difícil quanto fazer as malas para vir até a casa da praia.

Certo, certo... admito que tive que me sentar em cima da mala e que Lee quase arrebentou o zíper quando tentávamos fechá-la. Mesmo assim, basicamente o que eu fazia era jogar tudo ali dentro. E o mais difícil, se desconsiderarmos a parte de fechar a mala, era encontrar sapatos, shorts ou outras peças de roupa que eu podia jurar que havia colocado para lavar, mas que haviam desaparecido (e que voltavam a aparecer atrás da secadora de roupas mais tarde).

Também tenho que admitir que odiava a sensação de ter que guardar tudo de volta na mala para irmos embora. Era sempre um momento meio triste. Mas, neste ano, a sensação era ainda pior que a habitual.

Além da imagem melancólica do nosso quarto sem todas as nossas roupas e a bagunça que fazíamos, e também o fato de que era a nossa última noite ali, eu me sentia triste por causa da sensação de solidão que parecia tomar conta de tudo.

Foi uma sensação bem esquisita quando Noah e seu pai tiveram que sair antes do fim da temporada de férias. E eu estava com a mesma sensação agora, sabendo que Noah não estava no quarto ao lado guardando suas coisas na mala, e que Matthew não estava ajudando June a recolher as coisas espalhadas por toda a sala de estar, como livros, cabos e carregadores de celular. E a sensação de estranheza ficou ainda mais forte quando percebi, de repente, que no ano que vem provavelmente Noah não voltaria à casa da praia.

Lee e eu estávamos completamente comprometidos e determinados a vir para cá em todos os verões das nossas vidas.

Mas agora uma ideia tinha se formado em minha mente — chegou, formou-se e tomou conta de mim com uma intensidade enorme: havia a possibilidade de que os outros membros da sua família não viessem para cá com a gente.

E eu não gostava nem um pouco disso. Não mesmo.

Talvez fosse apenas porque eu não queria que as coisas mudassem, porque mudar significava crescer, e isso sempre seria uma experiência bastante assustadora e blá-blá-blá. Ou talvez fosse apenas porque a casa da praia, entre todos os lugares que eu conhecia ou já havia estado, era o único onde nada realmente importava, onde podíamos andar juntos, ficar juntos, agir eternamente como se tivéssemos cinco anos de idade sem precisar dar importância a nada.

Qualquer que fosse o motivo, aquela sensação tomou conta de mim de um jeito repentino e fez com que meus olhos se enchessem de lágrimas, além de me dar aquela sensação desagradável de estar com um nó na garganta. Deixei sobre a cama a camiseta que estava pensando em vestir na viagem de volta para casa, sentindo uma onda de nostalgia tomar conta de mim.

Era ridículo chorar por causa daquilo, eu acho. Mas será que seria um ato tão terrível da minha parte querer que uma única coisa ficasse comigo para sempre?

— Odeio isso — disse Lee, baixinho. Ele estava de costas para mim, enfiando sapatos e chinelos em espaços que não existiam na sua mala. Mas disse aquilo como se soubesse que eu estava quase a ponto de chorar. — Ir embora. É disso que estou falando... Odeio ter que ir embora.

— É...

— Nós vamos voltar daqui a um ano. É uma idiotice sentir saudades daqui.

Minha boca se curvou com a possibilidade de uma risada que eu não consegui realmente externar. — Eu sei. Mas não vai ser exatamente a mesma coisa, não é? Especialmente se Noah não vier. E nós vamos... você sabe, já vamos estar a caminho da faculdade...

— O que aconteceu com o nosso pacto? Nós fizemos uma promessa séria, com o dedo mindinho, de que viríamos aqui todos os anos. E agora você está me dizendo que quer quebrar essa promessa? Shelly, você, entre todas as pessoas do mundo, devia saber que há consequências sérias em quebrar uma promessa feita com o dedo mindinho.

Eu ri, mas senti a risada ficar presa na garganta. — Você sabe do que eu estou falando, Lee.

— É... acho que sei. — Em seguida, ele suspirou. — Que chatice, hein?

— Nem me fale.

Lee me abraçou por trás e ficamos assim por alguns segundos, até eu me virar e colocar os braços ao redor dele, enterrando o rosto em seu ombro. E ficamos ali parados, totalmente em silêncio, um abraçando o outro.

Na realidade, acho que Lee estava tão irritado quanto eu, mas não queria demonstrar. Mesmo assim, eu o conhecia muito bem e tinha plena consciência de que ele detestava essa coisa de ter que crescer e parar de agir como se tivéssemos cinco anos de idade durante o verão.

Nós dois precisávamos daquele abraço.

Era como se o mundo ficasse um pouco mais colorido e um pouco mais quente depois de um abraço. E, depois daquele em particular, eu não me sentia tão triste em relação ao fato de que aquela poderia ser a última vez em que estaríamos todos ali, juntos, passando o verão.

Porque... sim, as coisas mudavam.

E sim, eu ainda precisava crescer bastante.

Mas, naquele momento, depois que o abraço deixou tudo um pouco mais colorido e mais quente, todas aquelas coisas com as quais eu me preocupava — desde o que aconteceria com o meu namoro com Noah até as coisas mais profundas, como a faculdade — simplesmente não importavam mais.

Eu teria que lidar com tudo aquilo em algum momento, mas esse momento não era agora. Não quando eu ainda podia agir como uma criança de cinco anos de idade que não precisava se preocupar com nada no mundo, mesmo que fosse apenas por mais algum tempo.

— Para onde estamos indo? — perguntou Lee quando eu comecei a puxá-lo pela mão para sair do quarto, sem dizer uma palavra. No início, não respondi. June estava em seu quarto, e por isso não fez nenhuma observação quando puxei a mão de Lee para que ele saísse comigo pela cozinha até estarmos no quintal.

— Shelly... — perguntou Lee outra vez.

— Aguarde — eu disse, abrindo um sorriso tão grande que provavelmente parecia estar imitando o gato de Alice no País das Maravilhas.

Agitei os pés para tirar os chinelos e Lee fez o mesmo. Ele estava usando uma calça de moletom velha e uma camiseta, e eu estava com um short leve e uma blusinha.

— Está pronto? — perguntei.

Ele já havia percebido o que ia acontecer agora, e seus dedos dos pés estavam curvados sobre os azulejos da beira da piscina. Ele estava com um sorriso quase tão grande quanto o meu, e seus olhos brilhavam. Voltei a olhar para baixo, encurvando os dedos quando a água gelada na lateral da piscina fez cócegas neles.

— Tudo pronto — disse ele, piscando e segurando minha mão. Entrelacei meus dedos nos dele com força.

— Três... dois...

E então, os dois ao mesmo tempo, rindo como se realmente nada mais tivesse importância no mundo, gritamos com toda a força:

— Olha a bomba!!!

E espalhando uma quantidade enorme de água, pulamos na parte mais funda da piscina.

Primeira edição (outubro/2018) • Terceira reimpressão
Papel de Capa Cartão Triplex 250g
Papel de Miolo Avena 90g
Tipografias Arnhem e Futura Std
Gráfica Eskenazi